「あっ、だめっ……また、来ちゃう……！」
「まだ、イかせてやらない」
「ひどい……」
「俺は、意地悪なんだ。アドリアーナ限定でね」

悪役令嬢はゲームの開始を阻止したい!
なのに王太子の溺愛から逃げられません

七里瑠美

Vanilla文庫

CONTENTS

プロローグ……007
第一章 ⚜ ゲームの世界に転生とか、悪い夢だと思いたい……011
第二章 ⚜ このまま、作家業を続けてもいい気がする……043
第三章 ⚜ 王太子殿下が押しかけてきちゃったんですけど！……076
第四章 ⚜ 秘密の代償は、婚約でした……109
第五章 ⚜ 悪役令嬢ではなく、立派な王太子妃を目指したい……155
第六章 ⚜ ゲームの開始は阻止した……はずですよね？……185
第七章 ⚜ 私は悪役令嬢ではありません……221
第八章 ⚜ あなたが信じてくれてよかった……255
エピローグ……285

イラスト／なおやみか

プロローグ

「アドリアーナ・ディ・ヴァルガス、俺――いや、私は、そなたとの婚約を破棄する！」

たたきつけられた信じられない言葉。

アドリアーナとの婚約を熱心に望んでくれたエリオから、婚約破棄を言い渡されるとは思ってもいなかった。

――私のどこがいけなかったの？

頭の中で、彼と過ごした日々がぐるぐると回る。

こちらに集中する集まった人達の目……彼らのそれは、アドリアーナを非難するものだった。

「殿下、ですが――」

「言い訳は見苦しいぞ。ヴァルガス公爵家の娘として、誇《ほこ》り高く生きてきたのではなかったか？」

捕らえよ！　と命じる声と共に、アドリアーナの両腕が、見知らぬ騎士に摑《つか》まれる。身を振りほどこうとしても、訓練された騎士達がアドリアーナを逃すはずもなかった。

「――待ってください、殿下」

アドリアーナの声は、エリオの耳には届かない。

「そなたは、ラウラ・クライヒに嫌がらせを繰り返した。ロイヤルレッスンの参加者としてはふさわしくない」

「殿下、私は、そんなことしていません！」

「公爵家に送り返せ。沙汰《さた》は追って下す」

「殿下！」

懇願むなしく、騎士に両腕を捕らえられたまま、ずるずると廊下を引きずられる。廊下の絨毯《じゅうたん》の赤がやけにまぶしく目に映る。

そして、公爵家の紋章がついた馬車に押し込まれ、乱暴に外から扉が閉じられた。

ぐるりと周囲の景色が反転する――そして。

はっと目を見開いた時には、天井を見上げていた。

――夢……夢だったのね。

心臓が苦しい。

ゲームの開始だけは阻止しなくてはと、必死にあがいていた頃が懐かしい。もっとも、あの頃あがいたからこそ、今の幸福を掴むことができたのだろうけれど。

――ねえ、エリオ様。

隣で眠るエリオの顔をのぞき込む。

――夢でよかった……本当に。

「なんだ、そんなに俺の顔が見たいのか？」

「起きていらしたんですか？」

「そんなにじっと見られたら、すぐに気が付くさ――おいで」

腕を引かれ、エリオの腕の中に転がり込む。

――幸せ。

アドリアーナを包んでくれる彼の体温。アドリアーナの幸せはここにある。

「――な、なにをしているんですか？」

けれど、幸福のまま再び眠りに落ちようとしたら、エリオの手が不埒《ふらち》な動きを始めた。

抱きしめた背中を艶《なま》めかしく這《は》い回る彼の手の動きに、簡単にアドリアーナは翻弄《ほんろう》されてしまう。

「俺が君に弱いことは知っているくせに」

「だ、だからって……あ、んっ！」

逃れようと背中をしならせたけれど、それは結果的にエリオの前に胸を突き出す形になっただけ。

寝間着の前があっさりと開かれ、豊かな胸に彼の顔が埋められる。
こうなったらアドリアーナが逆らうことなどできるはずもなく。
今夜も王太子夫妻の寝室には、艶めかしい新妻の喘《あえ》ぎが響くのであった。

第一章　ゲームの世界に転生とか、悪い夢だと思いたい

着飾った紳士淑女達が、色鮮《あざ》やかな花の咲き乱れる庭園を行き来している。

庭園には白いテーブルクロスのかけられたテーブルがいくつも出され、使用人が何人も控えていて飲み物や軽食をサービスしていた。

——頭が痛いわ。

アドリアーナ・ディ・ヴァルガスは、周囲の様子を見て嘆息した。

彼女の目に映る子供達も、皆派手に着飾っている。

女の子達は、編み込みを作ったり、髪をウェーブさせたりして可愛らしく飾った頭に派手なリボンをつけている子が多い。

いずれもリボンやフリルやレース、花飾りに埋もれてしまいそうなドレスをまとっていて、身動きするのも大変そうだ。

それはアドリアーナ自身も同じこと。頭を動かせば、視界の隅を横切る金髪は、日光を受けて煌《きら》めいている。

胸元に飾られた白いレース。腰には瞳の色と同じ青のサッシュ。

スカートは五枚くらい布が重ねられていて、アドリアーナの動きに合わせてふわふわと揺れる。黒いエナメルの靴は、少し踵《かかと》が高い。

今年八歳になったアドリアーナは、ヴァルガス公爵家の長女である。二人の兄がいる末子であり、今日の装いは公爵家の持つ権勢を存分に見せつけるものでもあった。

――お父様とお母様は、どこに行ったのかしら。もう帰りたい。

先ほどから、アドリアーナの頭はずきずきとしっぱなし。痛みは強くなるばかりで、そろそろ我慢も限界に近い。

今日は、ここ、セルドニア王国の王太子エリオの誕生を祝う会が開かれていた。公爵家の令嬢であるアドリアーナ、それに二人の兄も家族揃って招待されている。

兄達は何度もエリオと会っているが、アドリアーナはこれまで面識がなく、今日が初対面だ。

「お兄様、あの」

ちょうど側《そば》に長兄のユーベルがやって来た。頭痛を訴えようとしたけれど、友人と一緒のユーベルは、アドリアーナのことなど気にしていない。

「どうした？」

代わりに声をかけてきたのは、ユーベルから少し遅れてやって来た次兄のクルトだった。

そこでようやく気づく。

──あ、れ……？　なんで、あの人達あんな髪の色をしているの……？　普通なら、あんな鮮やかな色にはならないのに……。

ユーベルと一緒にいる友人の髪の色がおかしい。鮮やかな青、緑、紫。染めているのだろうか。まだ十歳前後の子供達なのに。

──子供の髪をあんな色に染めるなんて、身体に悪い……あれ？　どうして身体に悪いって思うのかしら……？

頭の痛みは激しさを増す一方。こんな風に考えがまとまらないなんて。

「変な顔してるぞ？　お母様を呼ぶか？」

クルトが顔をのぞき込んできた。

「兄上！　アドリアーナが変だぞ」

立っているのもやっとのアドリアーナに、ようやくユーベルも気づいたみたいだった。

「母上！　母上！　アドリアーナが！」

「早く来て！」

兄達の声が、どんどん遠くなっていくような気がする。クルトの腕に摑《つか》まって、なんとか体勢を保とうとした。

「どうしたの？　まあ、ひどい汗」

「あ、頭が……痛いの……！」

ユーベルに手を引かれ、こちらに戻ってきた母が心配そうに上半身をかがめる。

母の金髪は、今日は高々と結い上げられていた。初夏の陽気にふさわしい爽《さわ》やかなレモンイエローのドレス。白い手袋をはめた手が、アドリアーナの肩に置かれている。

――お母さん、お母さん……？　違う、お母様。

不意に、頭の中で光が弾《はじ》けたような気がした。

アドリアーナの母は、こんな人ではなかった。

週に四日、パートに出ている兼業主婦。得意な料理は、グラタンで、アドリアーナの誕生日には絶対チキングラタンが出てきた。

パート？　パートが何かわからない。チキングラタン？　公爵家でそんな料理が出てきたことがあっただろうか。

頭の中に一度に押し寄せてくる情報が膨大すぎて、目が回ってきた。

「あなた、アドリアーナが！」

「具合が悪そうだな――だが、今、ちょうど王太子殿下が」

父、ヴァルガス公爵。この国の重鎮。アドリアーナを溺愛していて、今日のこの会に連れてきたのは父。

――嘘《うそ》、嘘、嘘っ！

心の中で叫《さけ》んだ。

父は、平凡なサラリーマンだったはず。

こんな着飾った人が集まる場所で、公爵なんて呼ばれるはずもない――いや、違う。お父様は公爵だ。ヴァルガス公爵家の当主、アドリアーナの父。

生まれてから八年分の記憶と、生まれ変わる前の記憶が、頭の中でぶつかり合い、渦《うず》を巻く。

「でも、こんなに具合が悪そうなのよ。どこか、横になれる場所を探して――」

「しかし」

両親が、アドリアーナを挟んで小声で会話しているのも今は気にならなかった。

――そもそも、アドリアーナって誰……？　私は、私の名前は……。

「エリオ・サヴァレーゼ殿下のおなりでございます！」

本日の主役の到着を、侍従が告げる。

その場が、しんと静まり返ったその時。

「頭が痛いのぉぉ！」

不意に響き渡る幼い少女の声。

集まった人達の視線が自分に集中していることも気づかないまま、アドリアーナはその場に崩れ落ちた。

◇　◇　◇

頭が、痛い。割れてしまいそうだ。

不意に意識が浮上する。

「先生、アドリアーナはどうしたのでしょう?」

「お静かに。お嬢様を静かに眠らせてあげてください」

「――でも!」

枕もとで、ひそひそながらも激しく交わされる口論に、アドリアーナはしぶしぶ目を開けた。

室内は、ランプの柔らかな光で満たされている。先ほどまで昼間だと思っていたのに、いつの間に日が暮れたのだろう。

「お母様……」

喉から出た声はかすれていて、自分のものとも思えなかった。いや、これは自分の声なのだろうか。

「ああよかった。意識が戻ったのね!」

「ここ、どこ……?」

「王宮のお部屋を借りたの。あなた、急に倒れたものだから」

「ああ……そうなの……」

道理で、見上げた天井に見覚えがないはずだ。

――帰らなくちゃ。早く帰らなくちゃ。

頭の中では、そう急《せ》かす声が聞こえてくる。

この場にとどまるのは危険だ――だって、このまま、ここにいたら。

けれど、喉がカラカラで、声を出すこともままならない。

「お水……」

弱々しい声でねだれば、すぐに口元に銀製の水飲みがあてがわれる。

口に含んだ水は、冷たすぎずぬるすぎず、適切な温度に調整されていた。喉をするりと流れていく水の感覚にほっと息をつく。少し甘くておいしい。

「大丈夫、たいしたことはないわ。お熱もないんだもの。ねえ、先生そうでしょう？」

「え、ええ……」

先生と呼ばれた男性は、白衣を身に着けている。王宮に仕える医師なのだろう。

「王妃陛下が、お部屋を用意してくださったのよ。残念だったわね、せっかく王太子殿下にお目にかかる機会だったのに」

母は心底残念そうであるけれど、返す言葉を持たなかった。

エリオ・サヴァレーゼ。

その名に聞き覚えはある。この国、セルドニア王国の王太子殿下。そして、今日、十三歳の誕生日を迎えた本日の主役。

彼とは、顔を合わせてはならない。

「お母様、ここは嫌、帰りたい」

ここにいたら身を滅ぼすことになる。母の腕に自分の手を置いて、アドリアーナはねだった。

「だめよ、まだ——先生、まだ動いてはいけませんよね?」

「そうですね。熱はありませんが、念のためもうしばらくここにとどまった方がよろしいでしょう」

医師からの宣告は、アドリアーナにとって死刑宣告にも等しいものだった。ここにいたら、アドリアーナは破滅を迎えることになるのに。

「いや、帰りたい、帰らなくちゃ……!」

ぼろぼろと溢れる涙。帰りたいという気持ちばかりが、大きく膨れ上がってくる。

アドリアーナのその様子に、母も狼狽《うろた》えたようだった。

「でもね、もう少し様子を見ないと。だって、頭が痛いのでしょう?」

「お熱はないわ!」

わがままを言っている自覚はある。いや、わがままと思われてもよかった。ここにいてはいけないのだから。

駄々《だだ》をこねていると、母が不安そうに医師の方に目をやる。

「先生……」

「もう少し、お休みになった方がよろしいですよ。そろそろ、薬が効いてくる頃合いかと」

——薬？

そういえば、先ほどの水、甘くて何か混ざっていたかも。

嫌だ嫌だと泣きながらも、押し寄せる睡魔に勝つことはできず、アドリアーナの意識は再び暗転した。


次に目を開いた時には、あたりは明るくなっていた。視線を巡らせれば、少し離れたところにメイドが控えているのが見える。

「お嬢様、お目覚めですか？」

こちらに近づいてこようとしたけれど、布団から出した手で制止した。

もう少し、考える時間が欲しい。

——たぶんこれって、『ファーレンティアの花嫁』の世界でしょ。まだ、本編が始まるまでは十年以上ありそうだけれど。

昨日、激しい頭痛と共に、前世の記憶がよみがえってきた。倒れてしまったあと、夢の中で膨大な情報の整理が行われたようだ。

日本人だった前世のこと。平凡なサラリーマンの父と、パート主婦の母。兄が二人いて——そして、前世のアドリアーナは浅谷美由《あさたにみゆ》という名の大学生。お洒落《しゃれ》も好きだったたし、友人もそれなりにいたけれど、趣味は読書とゲームのインドア派。大学の文学部に籍を置き、自宅から通っていた。

家にいる時間の大半は、読書とゲームに費やしていたと思う。あと、その合間には家の手伝いも少々。

就活も第一志望に無事に内定をもらい、思う存分趣味にいそしめると喜んでいたのに、気が付いたらアドリアーナになっていた。

前世の自分がどうなったのかは今のところ思い出すことができないが、ここに意識があるということはたぶん……。

——スマホの中身見られたら死ねる……！

いや、もう死んでいるのだから今さらだ。

ベッドの中でごそごそと身体を丸めて考え込む。

——転生……か。まさか、自分の身に起こるなんて考えてなかったわね。

前世で、同じようなパターンの物語はいくつも読んだ。

読書の中には、ライトノベルやWEBサイトに投稿されている小説も含まれていたから。若くして亡くなった主人公が、読んでいた漫画や小説、プレイしていたゲームに転生するなんて話、いくらでもあった。

アドリアーナの前世である美由は、様々なゲームに手を出していたけれど、『ファーレンティアの花嫁』と呼ばれる恋愛シミュレーションゲームは特に気に入っていた。

攻略対象となるキャラクターを全員クリアした上で、全キャラ二周目に突入していたような記憶がある。

プレイヤーの分身である主人公は、明るくけなげな女の子。

この国最高の淑女である証『ファーレンティアの花嫁』を目指して勉学に励《はげ》む——というストーリーだった。

問題は、今の自分がアドリアーナ・ディ・ヴァルガスだという事実である。

主人公ならばともかく、主人公の邪魔をする悪役だ。いわゆる、悪役令嬢と呼ばれるキャラだろうか。

——そうよ、ロイヤルレッスン。

思わず、額に手を当てる。

昨日までのアドリアーナは、ロイヤルレッスンと聞いても特に不思議にも思わなかったし、むしろ憧れていた。

だが、前世の記憶がよみがえった今は違う。

ロイヤルレッスンとは、この国特有の教育制度である。

この国では、一般教養から社交術に美容術まで、貴族の女性は自宅で教育を受けるのが基本で、学校に通うということはない。

だが、社交界に出る前、王宮に滞在して教育を受ける習慣がある。

ここで、今まで受けてきた教養やマナーの最終的な仕上げをするだけではなく、護身術から応急手当て、初歩の料理まで教育内容は多岐《たき》にわたって学ぶのだ。

これは、三代前の王妃を輩出した公爵家が、貴族女性達のために始めた私塾が元になっている。

護身術や医学まで講義内容に入っているのは、当時この国が戦火の危機にさらされていたからというのがその理由。

その後、三代前の王妃がその私塾を引き継ぎ、王宮の一画に令嬢達が共同生活を送るための場所を設けたとされている。

これが今のロイヤルレッスンの始まりであり、ゲームの舞台でもあった。

要は、国一番の淑女になり素敵《すてき》な恋人と結ばれましょう――というのがゲームの主題だったわけである。

ロイヤルレッスンに参加することができるのは、伯爵家以上の家の者に限定されている。

それも、伯爵家以上の家の娘なら誰でも参加できるのではなく、適切な推薦人が必要になる。

その推薦人を得られるだけのコネというのも重要なわけで、ロイヤルレッスンに参加しただけで、この国の有力者達と知り合いになれる機会が大いに増えるというわけだ。

それに、教育の一環として、茶会や食事会だけでなく、予行演習としての舞踏会も開かれるから、独身男性との交流の機会も得ることができる。

——この国の貴族の娘にとっては、ロイヤルレッスンに参加できるか否《いな》かで、その後の生活が大きく変わるらしいものね。

なにしろ、王宮で開かれる茶会や食事会に参加できるだけの身分がある男性と知り合えるのだ。ある意味、最強の婚活の場でもあった。

側に控えているメイドに気づかれないよう布団の中に潜《もぐ》り込んで、アドリアーナは喉の奥でけっと唸《うな》った。

——そして、ゲームの世界の私は花嫁役を熱望しているのだったわね。

もう一つ、ゲームタイトルになっている『ファーレンティアの花嫁』。

これは、建国の神ファーレンティアに、建国祭で花と供物をささげる役を務める女性のことを言う。

花嫁役には、未婚の女性が選ばれるのだが、花嫁に選ばれるイコールこの国の最高の淑女として認められたということでもあり、婚活の場において最強のカードを手に入れたことになる。

王族に嫁ぐにあたり、花嫁役を務めるのは必要最低限の課題とも言われるほどだ。

ゲーム内のアドリアーナは、主人公と花嫁の座を争うライバルキャラクターの一人という位置づけであった。

――マズイマズイマズイマズイ。

ゲームの中で、アドリアーナはなかなかえぐい手を使う。

あまりにもいやらしい手口を使うものだから、最終的には社交界から追放されるルートもあったはずだ。

恋愛もののゲームだから、処刑まではなかなかないだろうと思うが、追放されるのもまっぴらごめんである。

――ロイヤルレッスンに参加したら、大変なことになるわ……！

よし、逃げよう。

アドリアーナがそう結論を出すまで、さほど長い時間はかからなかった。

――王太子殿下に近づくのはやめておこう。それから、他の攻略対象者達にも。

ロイヤルレッスンに参加しないでおけば、追放エンドを迎えないですむだろう。

◇　◇　◇

王宮から戻ってきてからというもの、アドリアーナは王都にある公爵家の屋敷で静かに過ごしていた。

このまま、隠居生活も悪くないかもしれない――そんなことを思いながら。

――私が病弱って噂《うわさ》になっているのを、お母様は心配しているみたいだけれど。

公爵家の娘であり、王太子妃の座にかなり近い位置にいるアドリアーナのことを、よく思わない人間は多数いるらしい。

そんな彼らにとっては、王太子殿下の誕生祝いの席で倒れたアドリアーナは、格好の攻撃の的《まと》であった。

病弱な娘は、王太子妃の座にはふさわしくない――。

早くもそんな噂が駆け巡っているそうだ。

母には申し訳ないけれど、それならそれでありがたい。

――王太子妃になるつもりなんてないけれど、この先どうするかは、ちゃんと考えておかないとね。

公爵家の令嬢でありながら、ロイヤルレッスンに参加しないと決めた以上、まともに結婚できる可能性は低くなる。

田舎に引っ込んで、隠居生活を送る。それはそれで、悪くない。

隠居万歳、追放はお断りである。

それならば身の振り方を考えねばと、窓枠に頬杖《づえ》をついて考えてみるが、そもそもこの世界、女性が自立するという方法は少ないのだ。

家庭教師になるか、学校の先生になるか——王宮に役人として出仕するという手段もないわけではないけれど、ロイヤルレッスンに参加できないほどか弱い貴族令嬢が、役人として採用される可能性は限りなくゼロ。

——それならいっそ、商売でも始めてみるとか？

幸か不幸か、ここはゲームの世界。

この世界で暮らしている人達の好みは、現代日本で生きていたアドリアーナにとっても理解のできるものだった。

お洒落な服を売るような店を開いてみるとか、スイーツを提供するカフェでも開いてみるとか。

「アドリアーナ、元気がないようだね」

扉を開き、アドリアーナの部屋に入って来たのは、ヴァルガス公爵家の当主である父だった。女の子が欲しかったらしい彼は、アドリアーナのことを、それこそ目に入れても痛くないほど溺愛している。

「いえ、そんなことはありませんわ。すっかり元気です」

にっこりと微笑《ほほえ》めば、父はわかりやすく相好《そうごう》を崩した。

どちらかといえば、いかつい顔立ちであるが、そうやって笑っているところは優しそうに見える。

「王太子殿下がお見えになったんだ」

「――は？」

思わず、低い声が出た。

王太子殿下がお見えになったって、どういうことだ。

アドリアーナの示した反応が思っていたものと違ったのか、父が困った顔になる。

「今は、ユーベルとクルトがお相手をしていてね」

兄達は、王太子であるエリオとも年齢が近く、未来の側近候補である。

父と現在の国王は従兄弟だから、王家とは親戚という関係にあるが、エリオはこれまで、公爵邸を訪れたことはなかった。

それが今日になって、どうしていきなり訪問してきたのだろう。

「王太子殿下がいらしたのだから、お前も挨拶《あいさつ》はしなければ」

「わかりました。すぐ着替えます」

たしかに王太子が来たのなら、挨拶くらいはするべきだ。

乳母に着替えを手伝ってもらいながら、鏡を見つめてみる。

冷静に見たら、かなりの美少女である。

自然に波打つ豊かな金髪。長い睫毛《まつげ》に囲まれた深く青い色をした瞳。すっと通った鼻筋に形のよい唇。柔らかく滑らかな頬は、子供らしい薔薇《ばら》色に染まっている。

このまま成長したら、間違いなく女神のような美女に成長するはずだ。

公爵家の令嬢であり、王太子とは五歳違い。年齢も釣《つ》り合っている――王太子の婚約者になるのにふさわしいだろう。

それでも、ゲームのアドリアーナは、『ファーレンティアの花嫁』に選ばれないまま、十八になってしまった。

焦《あせ》っていたのもわからなくはない。他の人に嫌がらせをして辞退させるという手段はどうかと思うけれど。

――まあ、攻略対象者達と深く関わらなければ、問題ないでしょう。

攻略対象者は王太子エリオ、公爵家長男ユーベル、騎士団長の息子アレクに、宰相の息子ファビアン。それから、隣の国から遊学に来ていたクラウス。

兄のユーベルはともかく、それ以外の人達と関わらなければ大丈夫なはず。

「アドリアーナ！　来たか」

「遅いぞ！」

エリオと兄達は、池の側にいた。

護衛の騎士がいるところを見ると、騎士に見守られながら三人で剣を打ち合わせていたようだ。

「王太子殿下、本日は、我が家にお越しいただきありがとうございます」

片足を引き、スカートを手で摘まんで、お辞儀をする。

この世界に生まれ変わってから知ったのだが、この綺麗《きれい》にお辞儀をするというのだけでもけっこう大変だ。

「うん。君も元気そうでよかった」

「ありがとうございます、殿下」

こちらを見るエリオは、それはもうピカピカの美少年であった。まさしく後光が差している。

アドリアーナと同じような色合いの金髪に、明るい緑色の瞳。王妃の瞳が緑色だから、彼女の色を受け継いだのだろう。

直前まで剣を打ち合わせていたから上着は脱いでしまっているが、身に着けているものはいずれも最高級の品だ。

「アドリアーナ嬢」

「はい、殿下」

返事はしたものの、できることなら、これ以上お近づきにはなりたくない。

ゲームの主人公《ヒロイン》——デフォルト名はラウラだったはず——に出会ったら、エリオも恋に落ちてしまうかもしれない。

なにしろ、彼も攻略対象者の一人というか、むしろ筆頭。ゲームのパッケージには、麗《うるわ》しいエリオの姿が大きく描かれていた。

危険人物には、近づかないに限る。

返事をしたきり、黙ってしまったアドリアーナに向かって、困ったように彼は首を傾《かし》げた。

「ユーベル、クルト、アドリアーナ嬢と少し話をする時間をもらってもいいかな」

いいかな、と問いかけてはいるが、この場合、だめと言えるはずはない。

承知しました、と返事をした兄達は、剣を片付けに行ってしまう。

——さすがに、二人きりにはならないわね。

子供とはいえ、男女が二人きりというのはよろしくない、というのがこの国の風潮である。

母の侍女が一人、護衛が一人、少し離れた場所から見守っている。

——素敵な人、なんだろうけど。

何を話せばいいのかわからないから、ただ、黙って立っている。

二人の間に、沈黙が落ちた。

「何か、僕に言いたいことはない？」

そんなことを言われても。

さすがに、「もう部屋に戻りたいです」はまずいだろう。

——先日、誕生会を台無しにした謝罪をしろってことよ。

問われてようやく気づく。

アドリアーナが倒れたことで、エリオの誕生会は台無しになってしまったはず。その謝罪を求められているに違いない。

「先日は、申し訳ございませんでした。体調管理が不十分で——」

「そうじゃなくて」

謝罪を途中で遮《さえぎ》られて、アドリアーナは困惑した。下げた頭を上げたまではよかったが、その次にどうすべきなのかがわからない。

「ごめん、僕が言いたかったのはそうじゃなくて——先日、招待した令嬢達は、いろいろと僕に話したいことがあったみたいだから。君とは話す時間を取れなかっただろう。だから、今日は話をしようと思って」

たぶんそれは、王太子殿下の興味を引きたかったのではないだろうか。

というか、わざわざそのためだけに来たのか。おそらく、アドリアーナが公爵令嬢だからだろう。

アドリアーナは、首を横に振った。

「ありません、殿下。謝罪を受け取っていただければ十分です」

「先日は暑かったからね。他にも倒れた人が何人もいたから気にしなくていい」

そういえば、あの日はまだ初夏だというのに、真夏ではないかと思うほど暑かった。アドリアーナ以外にも倒れた人がいたのは初耳だったけれど。

――とにかく、この人には近づかないようにしなくっちゃ。

たぶん、いい人なのだろう。それはわかる。

誕生会を台無しにされたと怒っても当然なのに、十分アドリアーナを丁重に扱ってくれていると思う。

いきなり屋敷に押しかけるのはどうかと思うが、親戚なのだしたぶん許容範囲。

「しばらく王都にいるのだろう。また、会えるかな」

「……それは、父に聞いてみないとわかりません」

どうして、アドリアーナにもう一度会いたいのだろう。親戚付き合いの一貫だろうか。

その時、兄達が戻ってくるのが見えた。

「では、殿下。失礼いたします」

できるだけ平静を装って、エリオの前から立ち去ろうとする。頭の中で、これからのことを目まぐるしく考えながら。

◇◇◇

アドリアーナとの初対面は、四年前。

それまで領地で暮らしていた彼女が、初めて王都までやって来た。

エリオの誕生会を祝うために来てくれたのであったが、無理をしたのか倒れてしまった。申し訳ないことをしたと思う。

それからは、彼女はずっと領地で過ごしている。

母である王妃が、何度か招待状を送ったらしいが、丁寧な断りの返事がいつも返ってきた。それは今年も変わらないらしい。

「ユーベル、アドリアーナ嬢は今年も来ないのか?」

エリオに問われて、ヴァルガス公爵家の長男で、アドリアーナの兄のユーベルはうなずいた。

ヴァルガス家の三兄妹はよく似た顔立ちをしている。ユーベルは弟のクルトより全体的に線が細く、中性的な印象が強い。

「妹は病弱なんですよ、殿下」

「原因は不明なんだろう？　王室医師を手配するか？」

「ありがたいお話です。父に相談してみます。国内外の名医に診察してもらったのですが、原因は不明で……心の問題が大きいのではないかという医師もいたほどです」

公爵夫妻は、娘を気にかけている。

頭痛を訴えることがしばしばあり、だるさが抜けないことも多いらしい。

幸い、起き上がれないほどではないから、体調のいい時には庭園を散策させるなどして体力が落ちないようにはしているというが。

「……無理をさせてしまったかな」

思い出すのは四年前。

エリオ十三歳の誕生会でのこと。多数の招待客に囲まれたのが苦しかったのか、アドリアーナは倒れてしまった。

――最初は、俺があちらに行った方がよかったのかもしれないな。

アドリアーナを王宮に招待するいい機会だからと、エリオの誕生会に呼んだのであるが、こっそり公爵邸を訪問した方がよかったのではないだろうか。

「アドリアーナ嬢は、領地では何をしているんだ？」

「貴族の娘として学ぶべきことを学んでいます。なかなか出来はいいようで、母などは王都に出ようとしないのを残念がっていますね」

「そうか」

公爵夫人も、若い頃は社交界の花と呼ばれた美女だったらしい。母とは、ロイヤルレッスンで共に学んだ仲だそうだ。

最初の年は母が、母が修行を終えた翌年は、公爵夫人が『ファーレンティアの花嫁』に選ばれた。いわば、国一番の淑女仲間とも言える。

その公爵夫人の血を引いているのだから、アドリアーナも優秀なのだろう。

――惜しいな。

ふと思った。

もし、アドリアーナの身体が丈夫だったなら、王妃としてふさわしい人材だったのに。

直接顔を合わせたのは二回だけ。それも、一回目はアドリアーナは倒れてしまって、会話の時間もなかった。

二度目に顔を合わせた時は、八歳という年齢の割にしっかりした受け答えだったように記憶している。

あの時はエリオもまだ十三になったばかりで、偉そうなことは言えないのだが。

年齢もちょうどいいし、公爵家という家柄もいい。

それにあの日、申し訳なさそうに微笑んだアドリアーナがそのまま成長していたら、非常に美しい女性に成長することだろう。

身体が丈夫でないという理由で、最初から、彼女を王太子妃候補から外さないといけないのは、惜しいと思った。

「妹のことが気になりますか？」

「まあな。気にしない方がおかしいだろう？　もし、王宮医師が必要になったら、いつでも言ってくれ。力を貸そう」

「ありがとうございます、殿下」

これは、親戚として当然の心配りだ。

別に、こちらの招待を何度も断られているからじゃない。そう思おうとした。

◇◇◇

ヴァルガス公爵家の領地は、王都から馬車で三日ほどのところにある。

「アドリアーナ、どうしても王都には行きたくないのかい？」

父が弱りきった表情でアドリアーナに声をかける。

アドリアーナは十二歳。行動が早い令嬢なら、ロイヤルレッスンへの推薦人を探して走り回り始める年齢である。

「行きたくないわ、お父様。ロイヤルレッスンにも参加したくないの」

そう告げれば、父はやっぱり困った顔で肩を落とした。

――王太子殿下にお目にかかりたくないんだもの。

母は、娘を王太子妃にという野望を隠せていない。

アドリアーナ本人の意思を無視ししてまで、王太子妃にしようという段階にいっていないのは幸いだったけれど、年齢の合う王族がいたら、そんな夢を見るなという方が無理かもしれない。

王妃も、アドリアーナが気に入ったようで、母を通じてお茶会に何度か招待されていた。領地に戻ってからも、何度も招待状が届いたほどだ。

「そうだね。君は病弱だし……王都まで行くのも難しいか」

ロイヤルレッスンに参加しないのは痛手と言えば痛手かもしれないが、なんといっても公爵家の娘である。

慌てて交友関係を広げなくても、両親や兄と顔を繋《つな》ぎたい相手はたくさんいる。アドリアーナがしゃしゃり出ていくこともないのだ。

「お父様、馬車に乗って町まで出かけてもかまいませんか？　用事を済ませたらすぐに戻ります」

「メイドを連れていきなさい。途中で具合が悪くなったら大変だからね」

「もちろんですわ、お父様」

公爵家の娘としてやらねばならない勉強は、もちろん綺麗にクリアしている。前世の記憶があるからか、同じ年ごろの子と比べると、集中力が長続きするようだ。

勉強することの重要性もある程度わかっているし、前世で学んだことが参考になることも多い。

こちらの世界の歴史や音楽、美術などは、一から勉強し直す必要があったけれど。

あと、天体が異なっているのもアドリアーナを悩ませた。星の配置は、前世の日本とは違うらしい。

「出かけるのはかまわないが、どこに行きたいんだ？」

「書店です」

「それなら、屋敷まで運ばせるが――」

「自分で行って、いろいろ見てみたいんです」

領地に引きこもるようになって一番困ったのは、娯楽が少ないことであった。

当然ながら、この世界にはゲームなんて存在しない。電話もないから、友人とのやり取りは基本的に手紙である。

その手紙も、近場ならば使用人に届けてもらってその日のうちに返事をもらってくることも可能だが、遠方ならば郵便制度を使うしかない。

女性は普段、何をしているのかといえば、刺繡《ししゅう》をメインとした手芸の会という名目でのゴシップ交換会。作り上げた作品は教会のバザーに寄付しているから、ある意味、生産性が高いのかもしれない。

お茶会もゴシップの交換会である。あとはせいぜい楽器演奏に乗馬、絵を描くことに読書をするくらい。

アドリアーナも手芸を学んでいるところだ。刺繡とレース編みが得意である。

だが、一番の楽しみは読書である。書店に行って、本に囲まれているだけで十分に楽しい。

父の許可も得られたので、メイドと共に馬車に乗り込む。

――あら?

ぼんやりと、窓の外に目をやった時だった。

道端にうずくまる少女に目がとまる。アドリアーナと同じくらいの年齢だろうか。粗末《そまつ》な衣服に身を包んだ彼女は、そろそろ冬になろうかという頃合いなのにコートも身に着けていなかった。

――いくら気をつけていても、弱者を全員救うことはできないのよね。

両親は、心の優しい人達である。貧しい人や、両親を亡くした子供、病気やけがで働くことができなかった人を救うための慈善活動を、いろいろと展開している。

だが、それはあくまでもヴァルガス公爵家の領地に限ってのことだし、全員を救うことはできないのだ。

寒さで身体が動かないのか、うずくまっている少女はピクリとも動かない。

「馬車を停めて！」

声を張り上げれば、御者が馬車を停める。メイドの制止も聞かず、アドリアーナは馬車を飛び降りた。

「ねえ、大丈夫？」

「……え？」

声をかければ、ぼんやりとアドリアーナの方を見返してくる。焦点が合っていない。唇は紫色になっているし、身体は小刻みに震えている。

「あなた、どうしてここにいるの？」

「……その」

言葉を探すのも、難しいようだった。寒さで頭も回っていないのかもしれない。

アドリアーナは、身に着けていたコートを彼女にかぶせた。

「行き先を変更するわ、帰りましょう！」

「お、お嬢様！」

たぶん、そんな汚い娘を拾ってはだめだというのだろう。

けれど、この少女をこのままここに置いておいてはいけない気がした。

アドリアーナの目には、彼女がいつか訪れるかもしれない未来のアドリアーナに見えてしまったのだ。

さすがにここまでひどい状態にはならないだろうけれど、社交界から追放されて一人になってしまう可能性は否定できない。

「いいから、いらっしゃい。私が、あなたに居場所をあげる」

この時、アドリアーナが少女に手を差し伸べたのはほんの偶然。

けれど、これが思いもよらない未来に続いていることなんて、この時のアドリアーナには想像すらできなかった。

第二章　このまま、作家業を続けてもいい気がする

アドリアーナは十五歳になった。

「今年も、王都へは行かないのかい？」

「ごめんなさい、お父様。私……ああいった場所は向かないみたいで。空気の綺麗《きれい》なこの領地で過ごすのが気に入っているんです」

どこか諦めた様子で問いかけてくる父に、アドリアーナは力のない笑みを返した。

公爵家の娘として、やらねばならない勉強はきちんとやっている。マナーも完璧だ。

一つ、問題があるとすれば。

「……そうだね、君は身体が弱いし」

父は気の毒そうな目をアドリアーナに向けた。

アドリアーナの目の下は真っ黒だ。もともとの肌が白いというのもあるのだが、クマが浮き出ている。

華奢《きゃしゃ》な体格、彼女のまとうだるそうな雰囲気《ふんいき》。

父が身体が弱いというのも、当然であった。そして、その父の誤解をアドリアーナは利用するのに抵抗はなかった。

「頭が痛くて……少し……横になってきます……」

「ああ、そうしなさい」

七年前、王太子の誕生日パーティーで倒れたことがきっかけで、アドリアーナは身体が弱いと思われている。

おかげで、ロイヤルレッスンに参加しなくてもよさそうな雰囲気が満載だ——今のところ、アドリアーナは家を出ていくつもりはないけれど。

「お嬢様、また徹夜ですか？　身体によろしくありませんよ」

よろよろとしながら部屋に戻ると、専属メイドのニコレッタがあきれた表情になった。

あの冬の日、道端にうずくまっているのを見つけた彼女は、今は公爵家の使用人である。

最初は下働きのメイドだったのだが、アドリアーナとは気が合った。

戯《たわむ》れに読み書きを教えてみたら、すさまじい勢いで吸収した。

その結果、アドリアーナの直談判で、アドリアーナの専属メイドになったのである。アドリアーナの方も自分の手足となってくれる使用人が欲しかったので、ちょうどよかったのだ。

「あなただって楽しんでいるでしょうに」

「お嬢様の書くお話は、面白いですからね」

「そうよね、そう思うでしょう？」

この世界、流通している物語はアドリアーナにとってはパンチの足りないものが多かった。

前世では古典から文芸新刊、ライトノベルまで読みあさった。ゲームのノベライズも読んだし、同性同士の恋愛ものもたしなんでいた。

この世界に転生してからも読書が楽しみ――病弱設定だったので身体を動かす趣味は許されなかった――ではあったけれど、物足りないと思うことが多々あったのも否定はできない。

ニコレッタが文字を覚えたというので、ノートに書き留めていた前世の物語を読ませてみたら、あっという間にはまってしまった。

ニコレッタが喜んでくれるから、どんどん書く。日中は時間を取れないから、夜中にこっそり書く。必然的に、昼間は眠いという不健康さである。

もっとも、今のアドリアーナにはその不健康さが必要だったりするので、当分改めるつもりはない。

「そろそろ、次の作品に取り掛からないといけませんね」

昼寝のためにベッドを調えながら、ニコレッタがつぶやいた。

「そうね。リーナ・ニコラスの作品を待っている人は多いもの」

きっかけは三年前。

前世の物語をニコレッタに読ませてみたら、「すっごく面白いです！」と、目を輝かせたので、前世の物語をリライトした作品を出版社に送ってみたのである。

最初に選んだのは、『かぐや姫』を題材とした物語だった。

五人の貴公子に無理難題をふっかけるあたりは、この国の女性読者には受けが悪いだろうと判断し、月からやって来た精霊が人間の王子と恋に落ちる物語にした。

こちらの世界に来てから竹を見かけたことはなかったから、リンゴの木の下で拾われた女の子が主人公である。

王家の人達が反対する身分違いの恋。決着がついたかと思えば、今度は月の世界の人達が主人公を連れ戻そうとする。

前世で読んだあれこれを味付けに、物語に仕上げてみたら受けた。最後、王子と月の娘が永遠の愛を誓うシーンでは、ニコレッタが涙ぐんだほどだ。

さすがに本名で出すのははばかられたので、ペンネーム『リーナ・ニコラス』として発表した。

それが、大ヒット。

今では、リーナ・ニコラスは若い女性の間で大人気の作家先生である。

「お嬢様、こちらが編集長からのお手紙です」

「ありがとう。前回も、なかなか好調だったようでよかったわ」

寝間着に着替えてベッドに入ったアドリアーナは、受け取った手紙に目を走らせる。

「他の先生のことはわかりませんが、お嬢様は筆が速いそうですから。編集長も、ぜひ次作もお願いしたいと言っていましたよ」

「そうね。自立してもやっていけそうなのはよかったわ」

『かぐや姫』の次に選んだのは『人魚姫』。

バッドエンドは読者から嫌われるというのを理解していたので、こちらもハッピーエンドに変更させてもらった。『シンデレラ』、『白雪姫』――と順調に童話をリライトしたところで、方向性を変えた。それが前作である。

次に手を出したのは、冒険譚。題材は『アーサー王と円卓の騎士』の伝説である。

国が滅びた悲運の王女の願いを聞き遂げた神が遣わしたのが十二人の騎士。主人公は、岩に刺さった伝説の剣を抜いた若者。他の物語や歴史上の偉人の逸話《いつわ》も使っているが、細かいことを気にしてはいけない。

様々な冒険を繰り広げ、現在五巻まで刊行中。すでに元ネタとは別物である。

そして、新作は古典の『とりかえばや物語』であった。

男女の兄妹が入れ替わるという設定は、まだ見たことがないから、こちらも人気になるのではないかと期待している。

とりあえず、仮に追放されたとしても、食べていくのには困らなそうだと、アドリアーナは考えているが、今やかなりの富豪である。公爵家を出ても、ニコレッタと自分の二人ぐらいなら余裕で養えそうだ。

ニコレッタが公爵家を出て、アドリアーナについてきてくれるかどうかは別問題として。

「本当によろしいんですか？　ロイヤルレッスンに行かなくても」

「……いいのよ」

「お嬢様は、別に病弱というわけではないでしょうに」

「それは言わないお約束。それに、あちらじゃこんな堕落した生活無理よ」

秘密を共有しているから、アドリアーナとニコレッタの関係は、もはや親友と言っても過言ではない。

家族がアドリアーナのことを病弱と信じ込んでいるのは申し訳がないが、どうしても原稿が切羽詰まってくると徹夜をしてしまう。

徹夜をすると昼は寝てしまうというわけで、昼夜が逆転した生活になっていることが多い。

家族からすると、「虚弱体質のため、いつもだるそうでかわいそうだ」ということになっている。

公爵家の娘として、身につけなければならない教育はきっちりと身につけているから、具合が悪そうな時はそっとしておいてやろう、無理はさせないでおこうというのがこの家の暗黙の了解であった。

「もったいない。お嬢様がちゃんとしていれば、王宮に集まる貴公子達の視線を独り占めできるでしょうに」

「――冗談でしょ？」

ニコレッタの言葉に思わず目を剝《む》いた。

王宮に集まる貴公子達――女性にロイヤルレッスンが施されるように、男性達も王宮に集まる。

男性は大学に通うため、こちらは、互いに親交を深めておこうという目的のためのものだ。男性の場合は、ただ、コミュニティとだけ呼ばれる。

教育を与えられる女性達と違い、男性達の場合は親交を深める方が目的だからだ。ロイヤルレッスンを受けている女性達と交流することで、結婚相手を探すという目的もある。

――そんなところで視線を独り占めするとか！

冗談ではない恐ろしい。国外追放にされるとか、想像しただけでうんざりだ。

げんなりしたアドリアーナの様子に、ニコレッタもそれ以上は口を閉じた方が安全だと理解した様子だった。

察しのいいメイドでありがたい。

——そういえば、そろそろだったんじゃないかしら。

ここ数年、うっかり忘れかけていたゲームのストーリーに思考が切り替わる。

ゲームの主人公《ヒロイン》、ラウラが存在することは、確認済みだ。そして、彼女の実家が、これから先どんな目に遭うのかも。

この世界の貴族が商売をするのは珍しい話ではなく、男爵家であるラウラの実家は、商売を営んでいた。

そして、商売の資金繰りに失敗し、ラウラの両親は借金返済のために駆け回っている間に事故死したような気がする。

伯爵家の娘であったラウラの母は、男爵家の息子と恋に落ちた。身分違いの恋であり、家族から結婚を反対されるも、二人は駆け落ち同然に結ばれたという。

だから、商売に失敗し、借金返済に駆け回る間、母の実家の支援は受けられなかったらしい。

——それで、保護者を失って、伯爵の叔父の家に引き取られたんだったわよね。

両親を失った姪に、叔父は甘かった。自分のせいで姉夫婦は死んだのだと、罪の意識もあった。

正式にラウラを養女とし、ロイヤルレッスンの場に送り出してきたというのが、ゲーム内で説明されていた主人公の過去である。

もし、ラウラの両親が資金繰りに失敗するようなことがなかったら。

彼らが命を落とす危険を減らすことはできるだろう。

たしか、遠くの親戚にまで、無茶をして借金を依頼しに行った時、雨の中で馬車の事故が起きたそうだから。

――ラウラの実家にも、援助しておいた方がいいわね。

今のところ、ラウラの実家に多少の援助をしても問題ないほどの稼ぎはある。危険の芽は、摘める限り摘んでおこう。

「ニコレッタ」

「はい、お嬢様」

「一つ、頼みたいことがあるの。外出してもらえるかしら？」

思いついたら、善は急げである。

ラウラの実家の経済状況を調べ、傾《かたむ》きかけているようなら資金を投入しておこう。

こうして、アドリアーナの計画は順調に進んでいた――はずだった。

徹夜明けで、昼過ぎになってようやく起き出したある日。

寝室にやって来た執事が、準備ができ次第、父の書斎に向かうようにと告げた。

——お父様が、珍しいわね。

ニコレッタに手伝ってもらって着替えながら、アドリアーナは考え込んだ。

父は、アドリアーナに非常に甘い。

特に、病弱だと思うようになってからは激甘になった。

父の誤解を申し訳ないと思うことはあるけれども、追放をまぬがれたら、もう少しきちんとした貴族令嬢として振る舞うので大目に見てもらいたいと思っている。

——顔立ちは、悪くないのよね。

鏡の前に座り、髪を結ってもらいながら、まじまじと自分の顔を観察する。

ニコレッタが丁寧に手入れをしてくれるおかげで、金髪は見事な艶《つや》を保っている。大人になって少し色合いが濃くなり、蜂蜜色っぽくも見えるようになってきた。

はっきりとした目鼻立ちも、大きな青い瞳もいい。

惜しむらくは。

肌の色が白いため、目の下のクマが若干目立つところだろうか。ニコレッタが丁寧に化粧してくれても、二日徹夜が続くと若さだけでは、カバーできなくなってくる。

食事の方も、簡単に済ませることが多くなってくるから、どうしたって締め切り明けにはげっそりとしてしまう。

――もうちょっと、気を使わないとだめね。

鏡の前で反省した。今のところ、結婚の予定はないけれど、貴族の娘としてはいつそんな話を持ち掛けられてもいいように、覚悟を決めておくべきなのだ。

あまりにもとんでもない話を持ち掛けられたら、脱走するつもりではあるけれど。

そのための準備もちゃくちゃくと進めている。

「行ってくるわ。原稿の方、お願いね」

「かしこまりました」

出版社とのやり取りには、ニコレッタの名前を貸してもらっている。

家族は反対しないだろうけれど、ニコレッタに頼んだ方が何かとやりやすいのだ。さすがに、貴族の令嬢に出版社からしばしば手紙が届くというのも問題である。

他の使用人達には、アドリアーナがこっそり出版社に出資しているから、代理でやり取りしている――という理由で納得してもらっているという。実際、出版社から他の作家の新作が出る度に送られてくるので疑われてはいないようだ。

アドリアーナとしても、新作をいち早く読むことができるので、お互いにとって都合のいい取り決めである。

「お父様、お呼びですか？」

すっかり慣れた令嬢らしい声音で、父のいる書斎に入る。

父は普段王都で生活していて、こちらで過ごすのは年に数か月というところ。

アドリアーナは、空気のいい領地で暮らした方がいいと頭では思っているものの、愛娘と遠く離れて暮らしているという点には不満があるらしい。

——だからって、お父様が王都での生活を捨てるのも無理でしょうしね。

公爵家の当主として、王都でやらねばならないことが山のようにある。

その分、手紙のやり取りは頻繁であり、週に二度は王都で暮らす家族からの手紙がアドリアーナのところには届けられていた。

「ああ、来たね。アドリアーナ……まあ、座りなさい」

「はい、お父様」

スカートの裾を危なげなくさばいて、父が示したソファに座る。向かい合う位置に移動してきた父は、アドリアーナの前に手紙を置いた。

「……これは？」

「王太子殿下からの招待状だ」

「殿下から？　どういうことでしょう？」

これが前世なら、裏返った声を上げたかもしれない。けれど、完璧な淑女たる教育を終えたアドリアーナは、そんな無様《ぶざま》な真似《まね》はしなかった。

おっとりと首を傾《かし》げ、あくまでも驚いていないという風を装う。

──なんで？　だって、この七年、殿下とはろくな接点はなかったわよね？

公爵家の娘であるから、王家との接点を皆無にするのは無理だった。

父は国王陛下の腹心の部下だし、兄達は王子殿下達の未来の側近兼親戚兼友人だ。母だって、王妃陛下とは茶飲み友達であり、王家の忠実な家臣。

アドリアーナ一人、王家から距離をとっていると言っても、王都と領地という物理的な距離があってのもの。

王都にいたら、王妃とのお茶会に間違いなく引っ張り出されていたし、下手をしたら王子のうち誰かと二人きり──目の届くところに信頼できる使用人はいるとしても──にされて「あとは若い人達で」なんて、二人で取り残された可能性だってある。

──私が、王族に嫁ぐのにちょうどいい家柄で、ちょうどいい年齢っていうのもあるのだろうけれど。

今は病弱を装っているからまだいいが、健康体だったら、問答無用で王族の婚約者、もしくは有力貴族の婚約者に内定していただろう。

正式な婚約は、ロイヤルレッスンが終わったあと発表されるにしても。

兄達も、もう有力貴族の娘と婚約が決まっている。

長男のユーベルは、先日婚約が大々的にお披露目されたところだ。その時には、アドリアーナも王都に行って、祝いの宴には参加した。

ついでに出版社に出向いて編集長と打ち合わせをし、翌々日にはすぐに帰宅したけれど。

だが、今のところ王族に嫁ぐのは、アドリアーナの負担が大きいということで父とも意見の一致を見ていたはず。

王太子——エリオからの招待状が手渡される理由に、心当たりなんてなかった。

王太子の封蠟《ふうろう》が押された封筒を受け取り、ペーパーナイフで開封する。中身を取り出して確認してみれば、エリオの二十歳の誕生日を祝う会への招待状だった。

「殿下の誕生を祝う会……ですか」

エリオの十三歳の誕生日を祝う会で倒れて以来、アドリアーナは王族の誕生会には参加していない。王都から離れた領地にいるため、招待は受けられないということで通してきた。

——それがなぜ、今になって。

「殿下の強いご希望でね。もう十年近く、ほとんど会話もしていないだろう」

「必要ありませんもの」

「アドリアーナ！」

父は両手を広げて天を仰《あお》ぎ、アドリアーナは視線をそらした。

病弱で領地で暮らしていると言いつつ、普通なら数年に一度は王族と挨拶《あいさつ》をするものだ。

王太子と年齢が釣《つ》り合っているのならなおさら。

「私、ロイヤルレッスンも参加しないつもりでおりますもの。お父様も、それで納得してくれたのではなくて？」

「それはそうなのだがね」

ロイヤルレッスンに参加しない者は、変わり者というレッテルを貼られてしまう。よりよい結婚相手を見つけるための機会を、自ら放棄することになるからだ。

「社交上の付き合いは得意な方ではありませんけれど――それ以外の教育については、完璧だと王女殿下を教えていた家庭教師からもお墨付きをいただいているではありませんか」

領地に引っ込んでいて、社交上の付き合いというのは無理だ。

そういう意味で父の役には立てない分、淑女が学ぶべきことはすべて身に着けようと頑張った。

必然的に原稿は夜遅く執筆することになり、昼夜逆転した生活にますます歯止めが利かなくなったのは否定できないが、やるべきことはきちんとやってきたという自負がある。

「ロイヤルレッスンは、心身ともに大変な負担がかかるものと聞いております。それに、我が家は相手を探す必要はないではありませんか」

自立するつもりで、作家としての道を歩んではきたが、無事にゲームの開始を阻止し、十八になっても追放されないですむとしたら――家族を捨てて公爵家から出ていくつもりはない。

病弱設定そのままでもいいと言ってくれるのなら、父の望む相手に嫁いでもいいと今では思っている。

その時には、作家業について夫にきちんと話をしなければならないから、それを許してくれる相手であればいいとは思うけれど。

「そうだね。君が参加しなくていいと判断しているのなら、私も無理強いをするつもりはないんだ」

ほら、父はアドリアーナには甘い。

父のことを愛しているのは嘘《うそ》ではないから、父の望むような娘でいたいとアドリアーナは思う。

「だが、殿下の招待をいつまでも断り続けるわけにはいかないだろう。病弱とはいえ、寝たきりというわけでもないのだから」

「それは……そうですけれど」

午後も遅くならなければ起きられないのは、徹夜で原稿を書いているせい。

寝たきりの病人でもないのに、領地に引きこもっているのはアドリアーナの甘えとそれを許してくれる家族の寛容さ。

「……わかりましたわ、お父様」

父を困らせたいわけではないのだ。

エリオからの招待を受けるのは気が進まない――ものすごく気が進まない――心底気が進まない――けれど。

今回参加しておけば、義理を果たしたことにはなる。

次は三年後ぐらいに参加すればいいだろう。その頃には、ゲームの開始を阻止できたかどうかも判明しているだろうし。

――それに、考え方によっては悪くない話よね。

ゲームの主人公ラウラの実家がどうなったのか……王都に行けば、確認することもできる。

お世話になっている出版社で、編集長と顔を突き合わせて打ち合わせをするいい機会でもあるわけだ。

いつもは、ニコレッタに頼んでいるけれど、今回は自分でやるのも悪くない。

「当日、具合が悪くなってしまうかもしれませんが――できるだけ体調を整えて参加できるようにしますすね」

そう予防線を張るのは忘れない。

誕生会より数日前に王都に入るようにして、体調を整えてから参加すれば大丈夫だろう。

――なんて、考えていた時が私にもあったわよね……！

我ながら、考えが甘すぎた。

この数日の自分の行動を、アドリアーナは心から反省していた。

まず、王太子殿下の誕生日の四日前に、王都にある公爵家の屋敷に入った。ここは問題ない。

翌日には、リーナ・ニコラスの作品を刊行している出版社に行った。ここも問題ない。

家族には、「愛読している作品を出版している出版社に挨拶に行ってくる」で、納得してもらえた。

編集長に会ったついでに、新作の打ち合わせをしたのがまずかった。

誕生会のあとにすればよかったと後悔しても遅い。こういうのを自業自得というのだろう。

編集長が、前作をものすごく褒《ほ》めてくれた。新境地開拓とも言ってくれた。

そこでうっかり、ホラー作品に手を出してしまったのが大きな敗因であった――題材として選んだのは、吸血鬼である。

前世でもドラキュラ伯爵からカーミラといった古典だけではなく、様々な作品で扱われた題材だ。ライトノベルやゲームでも、お馴染みの種族である。

こちらの世界にも、吸血鬼という概念は存在したから、吸血鬼と若い娘の種族を越えた愛――ロミオとジュリエット風味を添えて――について語ってしまったのが運の尽き。

その場でプロットを殴り書き、その場でオッケーが出た。となったら、書かずにはいられない。

そんなわけで、王都に到着して早々、昨日も明け方三時ぐらいまで執筆活動にいそしんでしまった。軽く昼寝をしたが、寝不足なのは間違いのないところである。

――ええ、私が悪かったのはわかっているのよ！

馬車の中、ぐったりと窓にもたれかかる。そんな体調の悪そうなアドリアーナの姿に、向かいの席にいる両親も、ひどく心配する。

「アドリアーナ、無理はしなくていいんだ。もし、途中で具合が悪くなるようなら、先に屋敷へ戻りなさい」

それでも、欠席は許されないらしい。

「そうよ、私達は別の馬車を用意すればいい話だもの」

「そうさせていただきますわ」

長兄ユーベルは、婚約者を迎えに行ってから会場入りというわけで別の馬車を使っている。

次兄クルトはクルトで、ロイヤルレッスンでこちらの国に来ている隣国の貴族令嬢と一緒に参加するそうだ。こちらも、婚約がほぼ内定しているという状況である。

今日のアドリアーナは、パステルグリーンのドレスを身に着けていた。

金と銀のアクセサリーで身を飾っている。今日身に着けているアクセサリーは、すべて揃いのもの。十五歳の誕生日を迎えた日に、両親から贈られた品だった。

――殿下にお目にかかるのも久しぶりね。

最後に彼と顔を合わせたあとも、何かの会に出席した時、遠目にエリオの姿を見たことはあるが、彼とは親しいという仲ではない。

わざわざ、エリオが誕生会の招待状を送ってきた理由もまったく心当たりがなかった。

前回同様、今回も王宮の庭園が会場に選ばれていた。

王宮に務める庭師達が丹精込めて手入れした庭園は、国内随一の美しさだという。

この庭園を散歩する機会に恵まれただけで、今回はよかったかもしれない。

――殿下と会話する機会がなければ問題ないと思うのよね。

不敬だとは思うが、できるだけ王太子には近づかない方がいい。

彼個人に思うところが何かあるというわけではないけれど、ゲームが始まってしまったら終わりだとも思うのだ。

「アドリアーナ嬢、こちらに来ているのは珍しいですわね」

「領地で静かに暮らすのが、私には合っているようですわ」

声をかけてきたのは、騎士団長の娘だ。攻略対象者アレクの妹でもある。

攻略対象者の妹というだけあって、アドリアーナとは別方向だが、かなりの美少女である。兄と同じような真っ赤な髪。青い瞳をしている。

——『フィオレンティーナの花嫁』では見なかった気がするけれど。

彼女はいわゆるモブなのだろう。

王太子妃の座を狙って、ラウラに意地悪をしたメンバーの中にはいなかったから、諦めておとなしくする側《がわ》に回っていたのかも。

「身体が弱いと……いろいろと大変ですわね」

「家族は、大切にしてくれますから、何も心配することはありませんわ」

こちらに笑みを向けてくるのは、アドリアーナはライバルにならないと確信してのものだろうか。ライバルになるつもりはないからいいのだが。

「今回こちらにいらしたのは、ロイヤルレッスンに参加するためですの？」

「いいえ、そのつもりはありませんの。教養は領地で身に着けましたし……父も私には難しいだろう、と」

父は、ロイヤルレッスンに参加してほしいという口ぶりであったが、ここはそんなそぶりは見せない方がいい。

アドリアーナがライバルにならないとわかれば、目の前の彼女をおとなしくさせることができるだろうから。

「まあ、そうですの？　お気の毒に」

お気の毒にという言葉の裏に潜むわずかな愉悦《ゆえつ》。

アドリアーナがライバルにならないと聞いて、安堵している。

「このまま静かに暮らすのが合っていると思うんです——王都での生活は、私には刺激が強すぎて」

疲れる理由は別のところにあるのだが、まあいいだろう。

相手は、アドリアーナを下に見ることで安心しているのだし。

「では、失礼いたしますわね」

本日の主役である王太子は、あちこち歩き回っているようだが、どこに行こうともすかさず貴族の誰かに捕まっている。王太子との友好を深めるというのは、貴族にとって大切なことなのだ。

——殿下も大変ね。

同情はするけれど、それはそれ、これはこれである。

互いに腹を探り合う気の進まない会話を終えると、アドリアーナは踵《きびす》を返した。

——まずいわ、これは。

いきなり人前に出たからか、頭が痛くなってきた。

十年前の悪夢が脳裏によみがえる。

王太子殿下の目の前で意識を失ったあの日のことが。

――やっぱり、編集長との打ち合わせは明日以降にすべきだったんだわ……！

用事がすんだらとっとと領地に戻るつもりで、明後日には王都を出立するようスケジュールを調整していた。

体調を整えるという名目で、少し早めに到着するからと、そこに出版社訪問を入れたのは、本当に、本当に間違っていた。

――ちょっと人に酔ったかも。

公爵家の娘ではあるが、人の多いところにはなるべく近寄らないようにしていた。多数の人に会うのは久しぶりだったということもあって、少し気分が悪くなってきた。

やっぱり、昨日は原稿に手をつけなければよかった。

いくら後悔したってもう遅い。

――人のいないところで休もう、そうしよう。

ふらふらと、人のいない方へと歩いていく。

風通しのいいところで少し休んだら、気分もよくなってくると思う。

今日、庭園はすべて解放されていて、あちこちに置かれているベンチは自由に使うことが許されている。

木陰の人目につかないベンチを選んでそっと腰を下ろすと、肩から力が抜けたような気がした。

けれど、間の悪い時には間の悪いことが起こるものだ。

「アドリアーナ嬢?」

「殿下? ……し、失礼いたしました」

王太子のエリオとばったり出くわしてしまった。

いや、彼も人気《ひとけ》のないところを探していたのだろう。いつ目を向けても、彼はたくさんの人に囲まれていたから。

慌てて座っていたベンチから立ち上がり、頭を下げたところでふらつく。

「大丈夫か?」

「だ、大丈夫……でしゅ!」

噛《か》んだ。思いきり、噛んだ。

冷静に考えたら、公爵令嬢に転生して十五年、異性とまともに会話することさえほとんどなかった。

積極的にパーティーに参加すればダンスをすることもあったかもしれないが、今までのところ、ダンスの相手は兄に限定してきた。

よろめいたところを抱きとめられるとは、一生の不覚である。

「どうした？　具合が悪いのか？」

「しょ、そこまではありません。少し、人にあてられてしまったようで」

若干嘘が混ざっている。具合の悪さの大半は、睡眠不足だ。

「そうか、それならそこに座って——水をもらってこよう」

「いえ、そこまでは——って、行っちゃった」

慌てて呼び止めたけれど、アドリアーナの声はエリオの耳には届いていないようだった。

アドリアーナはベンチに腰掛け、ふぅとため息をつく。

——できれば、殿下とは顔を合わせたくなかったんだけど。

なんて思うのは、不敬だったかもしれない。

適当なところで挨拶だけして、さっさと帰るつもりだったのに、どうしてここで出会ってしまったのだろう。

——お兄様より、背が高かった。

アドリアーナの兄二人は、男性としては平均身長。先ほど抱きとめてくれたエリオは、兄達より頭半分ほど背が高い。

だからだろうか。抱きとめられた時、兄達とは違う体格に少し驚いた。

アドリアーナを受け止めても、彼はびくともしなかった。身体を鍛《きた》えているのだろう。

——って、何を考えているのかしら。

できれば、このまま立ち去りたいと思うが、挨拶もせずに逃げ出すのはよろしくない。

あれこれ考えているうちに、エリオが水の入ったグラスを手に戻ってきた。

「冷たい水をもらってきた。これを飲んだら少し落ち着くと思う」

「ありがとうございます」

グラスを受け取ると、濡らしたハンカチが首筋にあてがわれた。

――どうしよう。

受け取ったグラスの冷たさと、首筋にあてがわれた布のひんやりとした感覚と。

たしかに少し、気分の悪さが薄れてきた気がする。

グラスの水を口に含んだら、ミントの香りが広がる。ミントの清涼感もまた、頭をすっきりとさせてくれるみたいだ。

「殿下、私はもう大丈夫ですから……」

エリオは、今日の主役である。

いつまでもこんな人気のない場所にいるべきではないと、やんわりと言ってみるけれど、彼には通じていないようだった。

「君に聞きたいことがあるんだ」

「なんでしょう?」

アドリアーナでわかることならいいけれど。

隣に遠慮なく腰掛けたエリオとの距離が近いように感じられてならない。彼が身動きすると、ふわりと柑橘系の香りが立ち上った。

「アドリアーナ嬢は、そろそろロイヤルレッスンには参加するのか？」

「いえ、そのつもりはありません」

つい先ほども、似たような会話を交わしたばかりだった。アドリアーナの返事に、エリオの眉間にわずかな皺《しわ》が生まれる。

「なぜ？」

「身体が弱いのです。ロイヤルレッスンに参加するとなると、勉学の時間だけではなく、多数の人に会うことになるでしょう。今日だって……」

視線を地面に落としてみる。

はかなげに見えていればいいのだが、どうだろうか。

自分の容姿が悪くないのは知っているけれど、どちらかといえば気が強そうに見えるのも理解している。

「具合が悪くなった？」

「こんなにたくさんの人に会うことは、めったにないものですから。ロイヤルレッスンについていけないような気がするんです。父もそれでいいと言ってくれましたし」

ある程度の身分が必要とはいえ、この国最高の婚活の場を逃す貴族はほぼいないが、それでも、参加しないことを選ぶ者もいないわけではない。

婚活市場において出遅れるし、その後の社交生活にも大きな影響が出るのは事実だが、それでよしとする家もあるのだ。

たとえば、国境の地を守っていて、王都に出てくることはめったにない辺境伯の家系とか。

「どうしてもかい？」

「兄達も、無理はしなくていいと言ってくれていますから」

グラスの水が、心地よく喉を流れ落ちていく。

頭の先まで、すぅっと抜けていく爽《さわ》やかさ。ミント水を選んでくるあたり、エリオは気が回る人間らしい。

「残念だ。君が来てくれたら、きっと楽しくなると思ったのに」

「それは」

この人、同じことをどの女性にも言っているのだろうか。

ここまできて、ようやく冷静に彼を観察してみる。

先ほども思ったが、背が高い。兄達よりも。

見事な金髪に緑色の瞳。くっきりとした目鼻立ち。瞳には、意志の強そうな光が浮かんでいる。

——この方が王になったらきっと、この国は安泰なのでしょうね。

不意に脈絡もなくそんなことを思った。エリオが王になったら、きっとこの国を平和に治めるのだろう。

「できれば、参加したいと思っていたのですが……皆に、迷惑をかけるわけにはいきませんから」

口にするつもりはなかったのに、不意にぽろりとそんな言葉が零《こぼ》れ落ちた。自分の口からそんな言葉が出たことに、アドリアーナ自身が驚愕する。

——なんてことを口にしているのかしら。

エリオからも、ロイヤルレッスンからも、身を遠ざけておくことを決めていたのに。

「無理をすることはない。まだ、君は十五歳なのだし。もう少し大人になったら、健康になってロイヤルレッスンに参加できるかもしれない」

「そうですね……その時には」

きっと、そんな時なんて来ないだろうけれど。

エリオの目を見ることができず、その日は早々に帰宅することにした。

そして、翌日。

「昨日は、早めに引き上げたのね」

「……人が多いところは、まだ難しいみたいです」

朝食を終えたのち、アドリアーナは母と共に、王都にある公爵邸の日当たりのいい居間に席を移していた。

母の手元には、インク壺とペン。それから、何枚もの便箋やカード、封筒などがある。アドリアーナの手元にも、同じものが用意されていた。

昨日、久しぶりに顔を合わせた友人――数は少ないがいないわけではないのである――に手紙を書こうとしているところだ。

母は母で、アドリアーナの縁談を本格的に探し始めるつもりのようだ。ロイヤルレッスンに参加しないと決めているので、自分で動かなくてはならない。

長兄のユーベルの婚約者がもう決まっているのは、母の幼馴染《おさなじ》みから打診があったのを受け入れたものだった。

義姉予定の令嬢は、アドリアーナの数少ない友人でもあり、気心が知れているというのもその理由だ。

手紙を書き始める前に、ニコレッタからの報告書に目を通す。簡潔で、非常にわかりやすい。

――ラウラの両親、無事に危機を乗り切ることができたようね。

ニコレッタに頼んで、ラウラの両親に融資をしておいたのだ。

資金繰りに目処がついたことで商売も軌道に乗り、アドリアーナの融資した金銭については、五回に分けて返してもらうことになっている。

誰も融資をしなかったのが不思議ではあるけれど――物語が始まる前のことだし、ゲーム制作陣もそこまで深く考えなかったのだろうということにしておく。

――このまま、ロイヤルレッスンから逃げ切れば問題ないわね。

仕事の方は幸い順調だし、兄が結婚したとしても、家を出ていくのに問題はない。

いや、公爵家の令嬢が一部屋しかないような家で暮らすわけにもいかないから、公爵領内に小さな家でも建ててもらおうか。そこで生活する分には、問題ないと思う。

「お嬢様、お使いが参りました」

「お使い？」

大切な手紙などは、直接使用人が運ぶことになっている。昨日再会した友人のうちの誰かが、もう手紙を書いてくれたのだろうか。

なんて思っていたら、とんでもない事件が起こった。

「あら、まあ……」

運び込まれた花籠に、思わず目を奪われる。花籠にいけられているのは、青いデルフィニウムにカスミソウ、黄色と白の薔薇《ばら》だ。

「素敵《すてき》ね、どなたから？」

「……嘘」

花籠に差し込まれていたカードを手に思わずつぶやいた。

送り主は、エリオである。

昨日、具合が悪そうだったが、もうよくなったのだろうかという意味合いの言葉が書かれていた——どう見ても、見舞いの品。

——昨日の主役に何やらせてるのよ、私！

心の中で呻《うめ》いたけれど、母の前でそれを見せるわけにはいかない。

「王太子殿下からです……お母様」

「まあまあまあ、殿下から？　あら、そういえば、デルフィニウムの色は、あなたの目の色と同じね……！」

そこまで考えていなかった。

そして、母はなんだか違う期待をしているような気がしてならない。

「殿下に、お礼のお手紙を書かなくてはね。あなた、領地に戻るのを少し遅らせることはできない？」

「お母様、私……」

まずい。このまま王都にとどまっていたら、母があらぬ期待をするに違いない。

「いえ、たくさんの人に会って疲れました。早く家に戻って、休みたいです……！」

「ここも、あなたの家なのに」

それはそうかもしれないけれど、いつ、王子から手紙が来るかと思うと恐ろしくて家にいても落ち着かない。

やはり、領地に引っ込んで王都に用事がある時にはニコレッタに頼むことにしよう。

にこにこと新しい便箋を命じる母には悪いと思ったけれど、王太子妃になるつもりなんてないのだからしかたない。

第三章　王太子殿下が押しかけてきちゃったんですけど！

アドリアーナの計画は順調である、たぶん。

たぶん、というのはまだ十八歳だから。

このまま十九歳——普通ならロイヤルレッスンを卒業する年齢——を乗り切ることができれば、ゲームの開始は阻止したと言えると思う。

作家業についても順調だ。

あれ以来、王都に出かけるのは避《さ》けてしまっているから、編集長との打ち合わせはもっぱら手紙のみ。そして、代理のニコレッタに任せてしまっている。

その状況も、変わるのではないかと期待しているところではあるが——編集長にこちらに来てもらうか、アドリアーナがあちらに向かうかが大きな問題である。

あいかわらず昼夜逆転生活は続いていて、今日もお昼近くなってから、あくび交じりに階下に下りてきたところだった。

「お嬢様、お手紙でございます」

「ありがとう……あら、王太子殿下からだわ」

朝食兼昼食の席についたとたん、メイドが手紙を差し出してくる。

――なんで、こんなに手紙をやり取りすることになっているのかしら？

三年前、エリオ二十歳の誕生祝いの日が、彼と顔を合わせた最後。

あれ以来、王都には近づかないようにしているけれど、なぜか、エリオとの文通は続いてしまっている。

「……殿下も、熱心にお手紙をくださるのよね」

週に二度も手紙をよこす、王都にいる家族は例外として、アドリアーナの受け取る手紙はエリオからのものが一番多い。

そういえば、エリオはまだ婚約者が決まっていないな――と、ぼんやりと窓の外を眺《なが》めてみる。

あれは――ちょうど今頃の時期だった。今年は、王都には行かなかったからエリオの誕生日の挨拶《あいさつ》はしていない。

窓のすぐ外の花壇には、青いデルフィニウムが揺れている。あの時、エリオが贈ってくれた花籠にあったのと同じ品種のものを植えてしまった。

――別に、殿下に恋をしているとかそういうのではないのだけれど。

冷静に考えたら、前世でも今回の人生でも。男性から花を贈られるというのは初めての経験だった。

前世では何度もプレイしたゲームの中、エリオは一番人気があったように思う。女性に花をさらりと贈ることができるあたり、さすが王子である。

「殿下は、なんと?」

「私の体調を気遣ってくださっているわね——ああ、あと、王都で人気の作家の書籍を送ってくださったって」

エリオも読書が好きらしいというのは、文通を続ける中で知ったこと。彼はどちらかといえば、騎士の物語を好んで読むようだ。

「……ですが、これは」

「ええ、私達、この物語についてはよく知っているわね……!」

エリオが贈ってくれたのは、『騎士イライアスの物語』と題されたシリーズ作品の最新刊。その作者はリーナ・ニコラス。アドリアーナ本人である。書いた本人だから、誰よりも詳しいのは当然。

「私、これを何度タイプしたことか……!」

と、ニコレッタも呻《うめ》いた。

そう、ニコレッタは今やもう一人のリーナ・ニコラスと言っても過言ではない。

アドリアーナもタイピングを覚えて、執筆にタイプライターを導入するようになった。

執筆速度は大いに上がったが、それにはタイピストとしてのニコレッタが果たしてくれた役割も大きい。

アドリアーナは自分で打ち込んだ原稿をチェックし、赤鉛筆で修正を書き込んで推敲《すいこう》する。それをタイピングするのはニコレッタの役目だ。

ニコレッタが打ち込んでくれたものに、さらに赤鉛筆で修正を入れる。それを何度か繰り返し、最終的に出来上がったものが編集長の手に渡る。

編集長の方でも原稿を読み、どんな改稿をするかを打ち合わせ、また、同じ作業が繰り返される。

必然的に、ニコレッタも何度も同じ文章を読むことになるのである。

特に、『騎士イライアスの物語』の最新刊の執筆には苦戦したから、十回以上は修正を繰り返したのではないだろうか。

「お気持ちは嬉《うれ》しいけれど……」

「ですけど、ねえ……」

二人、顔を合わせて苦笑い。

エリオは、読書の好きな女性への贈り物として、王都で一番流行《はや》っている小説を送ってくれたのだろうが、まさかその相手が書いた本人とは想像もできないだろう。

騎士イライアスは、アーサー王の伝説をもとにした作品の主人公だ。女性人気も高く、豪華な装丁のものは贈り物としても使われているらしい。娯楽の少ないこの国ならではである。

「お気持ちは、お気持ちだものね。ありがたくいただいておくわ」

エリオから受け取った本は、大切に書棚に並べておくことにしよう。

――ああ、それと、感想も書いた方がいいかしら。

エリオはどうやら、イライアスの親友であるオクトが気に入っている様子だ。オクトについて、アドリアーナの方も何か書いて返信しよう。

文通相手が王子ともなると、こちらもいろいろと気を配らねばならないのである。次に、両親からの手紙を手に取った。

「ええと、それから――え？」

「どうかなさいました？」

「殿下が、公爵領《こちら》にいらっしゃるって」

「――まあ」

アドリアーナは固まり、ニコレッタも手で口を覆《おお》ってしまった。

王子が、公爵邸に、滞在。

それが、どれだけ大ごとなのか。

――まずは屋敷中の大掃除でしょ、それから食事の手配。カーテンや寝具は一新することになるかしら。

両親も王太子より先に戻ってきて、出迎えの支度を調えるだろうが、それまではアドリアーナが中心となって準備をしなくては。

――次の原稿が、切羽詰まっている時でなくてよかったわ。

と、安堵した。これが締め切り一週間前とかだったら、絶対に無理だった。

「鉄道を使って、こちらにいらっしゃるのですって」

この国には、今まで鉄道というものは存在しなかったが、昨年初めて開通した。

公爵家の領地と王都を結ぶ路線は、間もなく開通することになっていて、その最初の汽車でこちらに来るそうだ。

編集長との打ち合わせが楽になるのではないかと考えているのも、鉄道を利用すれば行き来が楽になるからである。

「殿下は、しばらく休暇をお取りになるそうよ。鉄道の乗り心地を確認するついでに、我が家に滞在なさるのですって」

公爵領は、風光明媚な土地が多いから、観光したいという理由もありそうだ。

――困ったわね。殿下がいらっしゃる間は、部屋にこもりきりになるわけにもいかないし。

公爵令嬢でありながら、アドリアーナがとんでもない速度で作品を発表できているのは、公爵家の娘としての社交上の付き合いが、ほとんどないということに大きな理由がある。

それから、ニコレッタという最高の助手であり、最高の読者でもある存在を見つけることができたのが大きい。

だが、王太子がこの屋敷に滞在しているのに、アドリアーナが自分の好き勝手に振る舞うわけにもいかない。

エリオの滞在が終わるまでの間は、執筆活動は休むしかないだろう。

「しかたがないわね。編集長に手紙を書かなくちゃ――それから、ニコレッタ。汽車が開通したら、編集部にお使いに行ってもらえるかしら。そうしたら日帰りできるでしょう」

「かしこまりました」

まずは執事と家政婦に高貴なお客様――王太子殿下を迎える準備をするようにと告げなければ。

両親からの手紙に書かれていた指示の他に、アドリアーナもいろいろと考えて動かなければならない。

結局、朝食兼昼食は大急ぎで済ませることになったのだった。

手紙が到着してから二週間後。

アドリアーナは、予定していた時間に駅を訪れた。両親と共に、ホームに立って汽車の到着を待つ。

やがて、大きな音を立てながら、真っ黒な車体の蒸気機関車が駅に入ってきた。

——機関車を見るのは初めてだわ。

前世では写真等で見たことがあったけれど、実物を見るのは初めてだった。思っていたよりもずっと大きい。

——あ、いらしたわ。

エリオの顔を見るのは久しぶりだった。胸がどきりとしたのを押し隠すように、胸に手を当てる。

ドキドキとする心臓。耳の奥で鼓動がやかましく鳴り響いている。

——殿下とは、ただの文通相手のはずなのに。

身体の前で組み合わせた手に視線を落とす。

ゆっくりと汽車は進み、所定の位置で停車した。窓からエリオが手を振っているのが見えて、慌ててまた視線を落とす。

ホームに集まっていた人達も、線路の両脇で汽車を見ていた人達も、大きな声を上げた。便利な交通手段の開通を祝う声と、高貴なお客様を歓迎する声がこだまする。

——どうして、こんなにドキドキするの。

心臓が忙《せわ》しない音を立てている。

エリオとは単なる文通相手。そのはずだ。それ以上を考えてはいけない。

懸命に自分に言い聞かせている間に、エリオが汽車から降りてくる。「王太子殿下万歳！」という声が、誰からともなく上がった。

「いらっしゃいませ、殿下」

「楽しい旅だったよ、公爵。これなら、王都まで楽に往復できるからいいな。汽車の中で、仕事まで片付けることができた」

屈託のない笑みを、エリオは公爵家の人達に向けた。

三年ぶりの再会。

彼と顔を合わせてしまったら、自分にとってよからぬ影響が出てくるような気がして、アドリアーナはごくりと唾を飲み込んだ。

「アドリアーナ嬢。身体は丈夫になったか？」

「殿下。いえ……それは」

明るい笑みをまっすぐに向けられて、アドリアーナは視線を落とした。どう、言い訳をすればいいのだろう。

あれ以来、徹夜が減った——などということは、残念ながらなかった。

あいかわらず執筆が佳境に入れば、徹夜、二日連続徹夜は当たり前。昼間ふらふらしているのも、アドリアーナには珍しくないことで。

「大人になったら、丈夫になるとは言ったけど――顔色はあまりよくないな」

三年前、二人で交わした会話をまだ覚えているらしい。

ごくごく当たり前に、なんてことないようにエリオはアドリアーナの頬に触れる。

――よくないのは、殿下のその手ではないでしょうか！

声にするわけにはいかないので、心の中で叫《さけ》んだ。

人が見てる。いや、ただの人ではなくて両親が見てる。

国王夫妻の前でないだけましかもしれないけれど、未婚の女性に触れるのはどうかと思うし、あまりにも近すぎる距離だ。

「――殿下」

「失礼」

こほんと父が咳ばらいをして、ようやくそれに気づいたようだった。

アドリアーナはほっとして、彼から一歩、距離を取る。

「領地の案内は、アドリアーナ嬢に頼んでもいいかな？」

こちらを見る彼の笑みには、まったく邪気なんて感じられなかったけれど。蛇に睨《にら》まれた蛙のような気分になって落ち着かない。

父に救いを求める目を向けたら、「殿下の仰《おお》せのままにしなさい」と目線で返された。

「では、ご案内させていただきますね」

エリオに向ける顔が引きつっているような気がしてならない。

馬車に乗り込み、公爵邸へと移動する。

ヴァルガス公爵領には、二週間ほど滞在するというので、エリオのために日当たりのいい客間を用意させた。気に入ってくれればいいのだが。

——しばらく執筆は休むことにして正解だったわね。

しみじみと思った。

まさか、エリオがアドリアーナに案内を求めるとは思わなかったけれど、王太子が滞在している間は何かとバタバタするだろうと思っていたので、スケジュールの調整は済ませてある。

「こちらの部屋をお使いくださいませ」

エリオを通したのは、南向きの広い部屋だ。居間と寝室、従者の部屋と三部屋が続き部屋になっている。

カーテンや寝具、暖炉《だんろ》の前の敷物等はすべて新しいものに取り換えた。

父からは、王太子は青を好むと聞いていたから、青を基調に落ち着いた色合いのものを選んである。

「——それから、あの」

明日以降、どういった予定が入っているのかまだ把握していなかった。

失敗した、と思いながら、エリオの方をちらりと見る。

「殿下は、どのような場所をご覧になりたいのでしょう？」

「どこでも。観光客が楽しめるような場所がいいな――君に任せる」

エリオにとって、面白いものがここにあればいいのだが。

とりあえずは、エリオの希望に添えるような場所をいくつか選んでおけばいいだろうか。

明日は一日ゆっくりしてもらうことにして、観光は近場にしておこう。

それにしても、なぜエリオは公爵領で休暇を過ごそうと思ったのだろう。

――まさか、王家は王太子殿下に私を嫁がせたいわけではないわよね……？

病弱すぎて、王太子妃なんて務まらないと理解してくれたと思っていたのに。

いや、病弱なのはアドリアーナが自身に作った設定であって、かなり健康なのは否定できないが。

規則正しい生活さえしていれば、めったに風邪をひくこともない。アドリアーナが倒れるのは、毎回締め切り後のことである。

「あの花は、デルフィニウムだね」

「……あ」

窓から花壇を眺めていたエリオに指摘されて、アドリアーナは赤面した。あの時、花籠にデルフィニウムが入っていたのをエリオは覚えているのだろうか。

――別に、殿下にいただいたからというわけでもないし！

「殿下は、花にお詳しいのですか？」

「王宮の庭園に咲いている植物なら、九割はわかると思う」

花の名前に詳しいのは、たいしたものだ。この国の男性は、花に興味を示さない人が多いから。

「あの花の名前はなんだ――と、国外からの賓客に尋ねられることも多いからね。この国の言葉でなんと呼ぶのだ、と」

「そうでしたか」

たしかにエリオは、国を訪れる客人をもてなす立場にある。けれど、彼の言葉はまだ続いた。

「王宮の建築様式や、飾られている絵画や彫刻について、はたまた壁紙はどこで作ったものなのだと聞かれたこともあったな」

「壁紙、ですか」

「同じ工房に発注したかったらしい」

アドリアーナも、自分の屋敷のことについてはある程度心得ているが、さすがに壁紙をどこの職人に作らせたのかなんてことまでは覚えていない。

そんな質問にも対応できるようにするなんて、さすが王太子と言えばいいのだろうか。

「そういえば、ロイヤルレッスンに参加する気にはなった？」

単刀直入に問われて、アドリアーナはかぶりを振った。それにしても、エリオも単刀直入に切り込んでくるものだ。

「そのつもりはありません」

「貴族社会で、いろいろと不利になるだろうに」

「それは、わかっていますけれど……」

そうならないように、努力を続けるつもりでもいる。

社交上の出遅れについて、取り返すのはきっと大変だろう。

けれど、追放エンドを免《まぬが》れたならば、ちゃんと貴族令嬢としての振る舞いを求められればそれに応じるつもりでいる。

今、作家として活動しているのは、追放された時に備えてのことなのだ。まだ、確実に安全になったとは言い切れない。

「ロイヤルレッスンに参加しなくても、家族は私を見捨てることはありませんから」

それだけは自信を持って言うことができる。

この世界に生まれてからずっと、家族はアドリアーナを愛してくれた。アドリアーナも家族を愛している。

だからなのかもしれない。ゲームの開始を阻止したのちも、領地にとどまりたいと願うのは。

「残念だな。俺は、君に来てもらいたいと思っているのに」

どうして？　と問うことはできなかった。それを聞いてしまったら、あとには引けなくなるような気がして。

「明日からは、よろしく頼むよ」

「はい、殿下」

エリオの滞在期間を乗り切れば、なんとかなるはず。支度をすると告げて、アドリアーナは静かに彼の部屋から立ち去った。


美しく着飾った人達が、大きなテーブルについている。

公爵家といえど、王都ならともかく、領地の屋敷に王太子殿下を招く機会なんて、そうあるわけではない。

そのため、エリオが到着した初日には、近隣の有力者を集めて晩餐会が開かれていた。

もちろんアドリアーナも逃げることはしなかった。幸いにも、今回は数日前からみっちり準備を整えている。

王宮で、さほど関わりのない人達に囲まれている時よりずっとアドリアーナの気も楽だ。

「殿下って、素敵《すてき》な方ですわね？」

アドリアーナの正面に座っているのは、領地内でも有数の商人だ。そろそろ王都にも進出したいらしい。

「そ、そうですわね……私もよく存じ上げないのですが」

アドリアーナは、あいまいに返すことしかできない。

なにしろ、エリオのことをよく知っているとは言いがたいから。ここ数年文通はしているが、親しい友人というわけではないのだ。

「王太子妃はまだ決まらないのですかな？」

と、隣にいる紳士が問いかけてくる。彼は、ヴァルガス公爵領に隣接する領地を持つ子爵だ。

さすがに貴族でない女性を王太子妃とするのは難しいだろうが、貴族であれば強引になんとかする手段がないわけではない。

過去には、出かけた先で見初めた子爵家の令嬢を王太子妃に迎えた例もあったらしい。

大前提として、王太子妃——未来の王妃としてふさわしい人物であるというのは必須だ。先に上げた子爵家令嬢の場合も、一年の間みっちり教育を受け、仕上げの場としてロイヤルレッスンに一年参加してようやく許されたそうな。

いくぶん結婚が遅くなってしまったけれど、見初めた王太子との仲は良好。即位して国王になったあともよき妃《きさき》として夫を支えたと伝えられている。

――もしかしたら、自分の娘を……ということなのかしら。

ちらりと、少し離れた場所にいる子爵令嬢に目を向ける。

アドリアーナより一歳下の彼女は、たいそう綺麗《きれい》な女性だった。爵位が条件に満たないため、ロイヤルレッスンの場に参加できないことを残念がっていたような記憶もある。

「どうでしょう？　私も、そのあたりの話はまったく聞いていないのです。もしかしたら、もう心に秘めた方がいらっしゃるのかもしれませんね」

嘘《うそ》は言っていない。

エリオには心に秘めた女性がいるかもしれない。

今まで誰も気づかなかっただけで。

食事を終え、歓談の場に席を移しても、あちこちから探るような会話を持ち掛けられるのは変わらなかった。

――こういうことから、ずっと離れてきていたから……。

公爵家の令嬢ではあるが、病弱設定をいいことに今まで社交の場から離れていたことを、後悔する。今まで何度も同じ後悔をしてきたが。

あちこちからの探りを入れる会話をなんとかかわしつつ、食事は無難に終了する。

今夜のメニューを決めたのはアドリアーナだったはずなのに、何を食べたのかまったく覚えていないほどだった。

食事を終えると、場所を移して歓談の場となる。

公爵邸の一階がすべて解放されて、招待客達は思い思いに、図書室、サンルーム、ティールームなどに散らばっていく。

――私も、休んだ方がよさそうね。

アドリアーナは、階段を上った。少し、自分の部屋で休もう。

◇◇◇

アドリアーナの後ろ姿が、階段を上って消えていく。それを見送ったエリオはため息をついた。会話の機会さえ、なかなか作ることができない。

エリオの方が好意を示しても、返さない女性は珍しい。

――手ごわい。

公爵家の人々の協力もあるが、アドリアーナ本人はなかなか隙を見せてくれない。手ごたえはないわけではないと感じているところでもあるが。

あとを追おうと階段を上がりかけた時、背後からタイミング悪く声をかけられる。

「殿下、よろしいでしょうか？」

「悪いが、また後日にしてもらえないか？　今日、到着したばかりで、少し疲れているん

だ。そろそろ休みたい。こちらには二週間ほど滞在するから、改めて時間は取れるだろう

——調整できるか？」

側《そば》に控えている侍従に問いかければ、すかさずスケジュールの調整に入る。声をかけてきた者は、申し訳なさそうな顔をして引き下がった。

向こう側《がわ》から歩いてきた屋敷の主《あるじ》である公爵の方に目を向ければ、心得顔で人気のない扉の方を指さす。

「お話をいたしましょうか、殿下」

アドリアーナには過保護な公爵ではあるが、仕事の面に関しては信頼できる人間である。今だってエリオの意を汲んで、すかさず対話の場所を用意してくれた。

「公爵は、反対ではないのだな？」

「もちろん。娘の気持ち次第ですが」

にこにこと返してくるあたり、食えないやつ、と思う。

——俺の気持ちを知っているくせに。

ユーベルとクルトも、公爵とよく似ている。ついでに言えば、公爵夫人もだ。

アドリアーナを気にかけるエリオの気持ちを知っていながら、遠くからも近くからもにやにやと見守っている。

積極的に妨害に出てこないだけましなのかもしれないが、非常にやりにくい。

好意を返されないからこそ、興味を引かれてしまう。

「ロイヤルレッスンには、参加しないと言っていたが？」

「……昔からそうでしたな。憧れというものがまるでないようです」

貴族の娘にしては、珍しい。

高位貴族の娘ばかり集められた、淑女教育の最高峰の場。

王妃自ら、茶会でのマナーを指導することもあり、なんとかして参加する権利を得ようとする娘の方が圧倒的に多い。

「あまり身体の強い方でもありませんからな。過保護とも思いますが、なかなか、人前に出す気にもなれないのですよ」

「だが、堂々と振る舞う術《すべ》は身に着けている。今すぐロイヤルレッスンに参加しても、まったく問題なさそうだ」

そうでしょうそうでしょうと、公爵は表情を柔らかくした。

娘に対する愛情が、こちらにまで伝わってくるようだ。エリオ自身、両親には大切に育てられてきたから、公爵のそんな面もまた好ましいと思った。

王宮の一画でロイヤルレッスンは開催されているから、貴族の令嬢達と触れ合う機会はそれこそ山のようにあった。

いまだに婚約者の決まっていないエリオのことを心配し、母である王妃が積極的に女性達とエリオの触れ合う場を作ろうとしてきたという経緯もある。

エリオ自身、母の思惑に乗らずにここまで来たわけではなかった。引き合わされた女性とは、きちんと対話をし、相手を知ろうと努めてきた。

それでも、まったく心が動かなかった。

多少なりとも、興味を持ったのはアドリアーナだけ。

「ロイヤルレッスンに参加できない分、家で学ばねばならないと娘は申しておりました──ですが、娘に王妃が務まるとお思いですか?」

「必要最低限の公務さえ参加してくれればそれでいい」

夜会なども、必要最低限に削ればいいだろう。エリオだけ参加しても、事足りるものは多い。

──だが、公爵は気づいてないのだろうか?

望まない限り、公務に引っ張り出すつもりもないが、アドリアーナは、公爵が思っているほど病弱ではないと思う。

──何はともあれ、公爵の了解は得た。

これで、心おきなくアドリアーナを口説くことができる。

◇　◇　◇

「そうそう、この領への滞在を延長しようと思うんだ」

「はい？」

いつもはきちんとした対応ができているのに、うっかり素が出た。

滞在を延長ってどういうことだ。

――王太子殿下には、公務もいろいろとおありでしょうに。

女性達がロイヤルレッスンを受けるのと同様に、男性達も成人前最後の仕上げとして王都で時間を過ごす。

エリオもそこに参加しなくていいのだろうか。

公爵家は広いから、エリオの滞在期間が延びてもさほど問題ないが、何を考えているのかアドリアーナは不安になる。

「何もそう警戒しなくても」

「し、失礼いたしました……」

エリオがこちらを見て苦笑する。アドリアーナは赤面した。

様々な疑問が、アドリアーナの顔に浮かんでいたらしい。表情を取り繕うことができなくなるのも久しぶりのことだった。

「父上の許可はいただいている。どうにもこうにも俺の身辺が騒がしくてね」

「騒がしい、ですか？」

「そろそろ婚約者を本格的に決めないといけないものだから」

たしかに、エリオはまだ婚約していない。

二十三という彼の年齢で、婚約者が決まっていないのはおかしいくらいだ。そんな彼に対し、様々な突き上げがあるであろうことも想像できた。

「公爵には迷惑をかけるが、公爵領なら俺に悪さはできないからね。鉄道が通ったことで、王都との行き来も楽になった。何かあればすぐ戻ることもできる」

「迷惑だなんて、そんな」

長い期間、屋敷に滞在されるのは面倒だと思ったのは、否定はできない。だから、返す言葉も小さなものになる。

そんな理由で引き続き領内の案内を頼みたいと言われ、今日は珍しく朝から外出の支度をしていた。

「メイドのニコレッタだけではなくて、専属の侍女をもう一人増やしてはどう？　平民ではなくて、貴族の娘で行儀見習いに来たいと言っている者もたくさんいるのに」

「……考えておくわ、お母様」

ニコレッタには王都に行ってもらっているので、母の侍女を借りて支度を済ませたら、母から苦言を呈された。

専属侍女を増やさないのには理由がある。

執筆活動は、家族にも内緒。いつか話そうと思いながら、ずるずるここまで来てしまっている。

——殿下がいつまでもここにいると、今後の執筆活動にも差しさわりが出るのよねぇ……。

エリオのことは嫌いではないし、どちらかといえば好ましい男性だとも思っているが、執筆活動に影響が出るのは困る。とても困る。

今後のことに頭を悩ませていたら、エリオが階段を下りてきた。

「待たせたか？」

「い、いえっ」

声が裏返った。どうしてだろう。

エリオの前に出ると、今までの人生で作り上げてきた淑女の仮面が、ぼろぼろと剝《は》がれ落ちてしまう。

表情を取り繕うのも難しくて、心臓がすさまじい勢いで走り始める。

「どちらにご案内しましょう？」

「決めてないんだ。アドリアーナ嬢は、幼い頃、どこに行くのが好きだった？」

「……そうですねぇ」

顎に指先をあてがって考え込んだ。

病弱設定になってからは、屋敷の外に出ることはほとんどなかった。屋敷の庭は十分広く、走り回って遊ぶのには庭園で事足りた。

友人達とも、互いの屋敷を訪問し、室内で過ごすことが多かった。

「湖の方に行ってみましょうか」

屋敷から馬車で十五分ほど行ったところに湖がある。

観光名所でもあるのだけれど、今の時間帯なら、漁師達が朝の漁を終えたあとの作業をしているのを見ることができる。

もっと幼かった頃、彼らの仕事を邪魔しないように、その仕事をする風景を見るのが好きだった。

「思っていたより広いんだな」

「国で二番目に広い湖だそうですよ。ほら、あのあたりで仕事をしている人達がいます」

向こう岸から見るこちらの岸の光景が美しいと、貸しボートなどは反対の岸にずらりと並んでいる。

エリオとボートに乗るのはどうだろうと思ったから、漁師達の仕事が見られる場所に案内した。

「仕事?」

「こういう光景は、屋敷では見られないので――彼らが捕った魚が、夜に我が家の食卓に乗ることもあるんですよ」

「漁師が仕事している光景を見ることになるとは」

「視察みたいでしたね。そういうつもりではなかったのですが」

幼い頃、よくここに来ていたからつい案内してしまった。

馬車で三十分ほど行けば、もう少し観光客の多い地域に出る。

「アドリアーナ嬢は、こういう光景を見るのが好きなのか」

「そうですね。好きです」

取材を兼ねて、と心の中で付け足す。漁師の仕事についても、詳しく調べたことがあった。

夜中、湖に出没する巨大怪獣と騎士の物語を書いたことがあったので。作中で、漁師達が零《こぼ》す愚痴《ぐち》にリアリティを与えるために、取材に来たことがあった。

「……そうか」

それから、馬車に再び乗り込み、対岸の観光地まで足を延ばす。

「この地は、いいな」

「そうでしょう？」

思わず、エリオに向かって微笑《ほほえ》んだ。

父は、この地を大切に思っている。だから、領民の生活が豊かになるよう心を砕いてきた。

「私、この地が大好きなんです」

いつまでもここで暮らしていられればいいけれど、そうも言っていられないのはわかっている。

それから、町を二人でぷらぷらと歩いた。

アドリアーナの顔を見かけると、町の人達は笑顔で手を振ってくれる。

「君は、この街の人達に愛されているんだな」

「父が、この街で暮らす人達を大切に思っているからですよ」

アドリアーナがこの地に暮らす人達に対して、直接利益をもたらしたことはない。

「うん、気に入った」

「お気に召したのならよかったです」

「屋敷を買ったんだ」

「……は？」

不意にエリオが言うから、つい、淑女らしからぬ反応を返してしまう。

滞在を延ばすとは聞いたけれど、屋敷を買うとはずいぶん剛毅《ごうき》な話である。

——殿下が屋敷からいなくなったら、執筆を再開できる。だから助かったと言えば、助かったけれど。

エリオの存在をちょっと面倒だと思ったのは否定できないので、若干の後ろめたさが残る。

――それにしても、ずいぶん変わってしまったわ。

アドリアーナの知るゲームの物語とは、ずいぶん話が変わってしまった。このままで問題ないだろうか。

慌てず、騒がず。

心臓はすでに暴走しかけているけれど、懸命になだめながら微笑みかける。淑女たるもの、本音を顔に出してはいけないのだ。

「いいな、その顔。時々、心の中が素直に出る」

「し、失礼しました……」

どうして、エリオと一緒にいる時はこうなってしまうのか。

アドリアーナ自身にもわからない。

だが、エリオはアドリアーナの失敗なんて、まったく気にしていないようだった。

「空気もいいし、景色もいい。それに、君がここにいる」

また妙な声を出しかけて、慌ててそれを押さえつける。今度は成功したけれど、表情まで殺すのは難しかった。

――エリオ……私がいるって。

もしかして。口説かれている……のだろうか。

前世でも、今回の人生でも。そういったところからは遠いところで生きてきたので、エリオが言わんとしていることが予想できない。

「いつでも君に会いに来られるように、ここに屋敷を買ったんだ。まあ、理由はそれだけではないんだが」

アドリアーナが発言の意味を理解していないと思ったのか、エリオは同じことを繰り返した。

――私に会いに来るために屋敷を買った？

やはり、口説かれているのかもしれない。

そう思いながらも、彼の発言にアドリアーナは引いてしまった。不敬になるのを恐れずに言えば、ドン引きしてしまった。

屋敷を買うとなると、ただ、購入すればいいというものではない。

いつ訪れても居心地よく過ごせるように、住み込みの使用人を雇う必要がある。

その使用人の給料をきちんと払い、屋敷を維持するのには多額の費用が必要だ。

――いえ、この方はそのくらい払えるのはわかっているのだけれど。

冷静に考えれば、アドリアーナもそのくらいの資金は持ち合わせている。

ただ、今までそれをやらなかったのは維持費を考えた場合二の足を踏んでしまっていただけのこと。

前世で「総額〇百万円」を身に着けて歩いている芸能人の私服を見て、「お金持ちってすごい……！」とため息をついていた頃と、金銭感覚はさほど変化していないのだ。

必要があれば、日本円に換算して億に該当する金額の宝石を身に着けることだって珍しくはないのに。

——それにしたって、まさか本当に買ってしまうなんて。

別荘のつもりで買うのなら、悪くないのかもしれない。

風光明媚な場所だし、鉄道のおかげで王都と行き来する時間はぐんと短縮された。たしかに、王太子としての仕事にもさほど影響を与えないですむのかもしれない。

エリオの手が、アドリアーナの腕にかけられる。

「……殿下」

小さく名前を呼んだら、顔がこちらに寄せられた。

「エリオ」

「……え？」

「そろそろ、名前で呼んでくれてもいいと思うんだ。俺も、君のことを名前で呼ぶから」

——それって。

アドリアーナともう少し親しくなりたいという意思表示ではないだろうか。

エリオの手はまだアドリアーナの腕にかけられたまま。

ドキドキしている心臓の音が、耳の奥でやかましく鳴り響いている。

——こんな風にしてはいけないのに。

本当の淑女なら、微笑みを浮かべて可及的速《すみ》やかにこの場を立ち去るだろう。そうするのが正解だ。

だが、どういうわけかそうしたくなかった。

目の前にいるのは、本物の王子様。

これから先、彼との距離を詰めたところでいいことはないかもしれない。

頭では、わかっているのに。

「エリオ……様……？」

震える唇からようやく出た彼の名。

アドリアーナのすぐ前で、彼が嬉《うれ》しそうに目を細める。

——どうしよう。

とっくの昔に、恋に落ちていたのかもしれない。青い花籠をもらったあの日から。

「アドリアーナ」

自分の名前が、こんなにも甘美に響くものだなんて知らなかった。

ぐっと腰に手がかけられ、彼との距離が詰められる。
不意に唇をかすめるようにキスされて、アドリアーナは言葉を失った。

第四章　秘密の代償は、婚約でした

――王族の金銭感覚って……！

アドリアーナは改めてしみじみとしていた。

屋敷を借りるのではなく、ポンと買ってしまうあたり王族の金銭感覚は本当に恐ろしい。

――というか、その購入したという新しい屋敷に、私を案内する意味がまったくわからないのだけれど。

アドリアーナが暮らしている公爵邸から馬車で十分程度にある湖がよく見える高台。富裕層が夏の間過ごすのに使われる別荘が多く建てられている中でも一等地だ。そこがエリオの購入した屋敷であった。

白を基調とした建物は、湖に面した側《がわ》には白い手すりのついたベランダが設けられている。夏の間は、そこで爽《さわ》やかな風を感じることができそうだ。

ヴァルガス公爵領での滞在の場を、エリオは公爵家からこちらに移すらしい。

「悪くないだろう？」

「とても、素敵《すてき》なお屋敷だとは思いますが」

ベランダには、いくつもの植木鉢が置かれていて、季節の花が風に揺れている。きっと湖の上からこの屋敷を見ると、花に囲まれているように見えるのだろう。

──タイミング、よすぎじゃない？

深く考えたら負けになりそうなので、その点について考えるのは諦めた。

きっと、ずっと前からこの地に屋敷を買おうと思って準備していた。そうに違いない。

「ここにこの家があると思うと、王都での生活も頑張れるな」

エリオも、非常に屋敷を気に入っているようだ。

──ゲームの開始は阻止できそうだし……大丈夫よね。

こうしてエリオと時間を過ごしていることに危機意識がまったくないと言えば嘘《うそ》になってしまう。

だが、ラウラの両親は健在だし、彼女がロイヤルレッスンに参加する理由はない。

友人《エリオ》と楽しい時間を過ごすぐらい問題ないだろう──たぶん。

家を出るのなら、領地内に家を建てるのも悪くないと思っていたが、こんな素敵な屋敷があるのなら買ってしまえばよかった。

エリオに導かれ、正面玄関から入る。

入って正面にあるのは赤い絨毯《じゅうたん》の敷かれた階段。

使い込まれた木製の手すりはよく手入れされていて、長年の間、屋敷の主《あるじ》が大切にしてきたのであろうことが伝わってくる。

階段の途中に踊り場があって、ステンドグラスのはめ込まれた窓から柔らかな光が降り注いでいる。

「こんな素敵なお屋敷があるのなら、私が欲しかったです……」

つい、本音が口から漏《も》れた。

「欲しかった？」

「ええ。欲しかったです。我が家はすぐそこなので、買う必要もありませんけれど！」

慌てて付け足したのは、家を出る可能性があると、まだエリオに知られるわけにはいかないから。

「右手が、書斎と応接間だ。見てみるか？」

「ぜひ、見せてください」

なぜ、エリオと共にお屋敷探検をしているのか、深く考えては負けだ。

玄関ホールから右手に進む。

「……素敵！」

書斎に入ったとたん、思わず声を上げた。壁の書棚には、ずらりと本が並んでいる。執務机にはペンやインクが置かれていた。

もう一つ、机が置かれているのは秘書のためだろうか。アドリアーナがニコレッタに使わせているのと同じタイプライターが置かれている。

——こんな部屋だったら、さぞや執筆がはかどるでしょうね……！

今のところ、家族に執筆活動がバレないよう、自室でひそひそと書くしかないので、この部屋が心底羨《うらや》ましかった。

エリオの場合、ここで執筆活動にいそしむのではなく、王都から持ち込んだ仕事をさばくのだろうが。

「気に入った？」

「ええ、とても！　素晴らしい書斎です！」

エリオの問いに深い意味があるとは思わず、そう返す。

——次の物語の舞台にもよさそう。

と、心の奥で思ったのは内緒であった。

暖炉《だんろ》の前に死体を転がすのはどうだろうか。いや、次に執筆予定なのはホラーだから、暖炉の上の鏡に死者の姿でも映そうか。

風光明媚な湖の側《そば》に建つ古い屋敷。

妻を亡くした資産家と、その家で働くためにやってきた若い女性。亡くなった妻の魂が——と、うっかり想像の翼を思いきり羽ばたかせてしまう。

「アドリアーナ、俺の話が聞こえているか？」

「ステンドグラスも捨てがたいわね……」

踊り場部分のステンドグラスも、物語に生かすべきだ。

この屋敷のステンドグラスは、薔薇《ばら》と百合《ゆり》であったけれど、こうもっとホラーにふさわしい題材を……。

「アドリアーナ……リーナ・ニコラス！」

「は、はいっ……はい？」

名前を呼ばれているのにようやく気が付いた。気が付いてから、考え込む。

――今、リーナ・ニコラスって……。

気のせいだろうか、いや、気のせいに決まっている。

一気に顔から血の気が引いた。背中をだらだらと冷たい汗が流れ落ちる。

強張《こわば》った笑みを浮かべて、アドリアーナはエリオを見た。

「失礼いたしました。ご用件はなんでしょう……？」

「なんでしょう？　ではないだろう？」

どこでバレた。思わず一歩後ずさる。

ニコレッタが、アドリアーナがリーナであることをばらすはずはない。

――ごまかそう！　ここはなんとかごまかそう！

「エリオ様の前でぼうっとしてしまうなんて……失礼いたしました。こちらのお屋敷は、どなたの持ち物だったのですか？」

「リーナ・ニコラスは君だろう？」

「あ、あの、エリオ様、それは……どういう……」

あいまいに微笑んでみた。

——たぶん、無理でしょうね……！

正体がバレないよう、注意深く行動してきたはずだったのに、いったいどこで間違えたのだろう。

「俺は、君の正体を知っている。リーナ・ニコラス——そうだろう？」

「いやあああああっ！　それはっ！」

思わず奇声を発してしまった。

バレてる。本格的にバレてる。

慌ててきょろきょろし、身を隠すところを探そうとしてしまう。そんなことをするだけ無駄《むだ》だというのもわかっているのに。

「大丈夫だ、今のところ君の秘密を知っているのは俺だけだ。出版社の関係者をのぞいては」

「それが問題なんですってば！」

隠れる場所がなかったので、逃走しようとしてみた。

だが、すぐにそれも無駄と気づかされる。腕を摑《つか》まれ引き戻された。

蛇に睨《にら》まれた蛙とは、こういうことなのだろうなと身をもって実感した。

背中が壁に押し付けられる。エリオの手が、顔のすぐ横に置かれた。

――これって……！

これはアレだ。壁ドンとか呼ばれるやつ。

エリオの顔がやけに近くにあって、息が止まりそうになる。

エリオはにこにことしているのに、こちらを見る目が鋭《するど》い。逃がさないと、その視線だけで告げてくる。

「あの、その……」

今まで小説の中で様々な言葉を扱ってきたはずなのに、正しい言葉が出てこなかった。

狼狽《うろた》えているアドリアーナに、エリオはさらに口角を上げた。それはもうにんまりと。

「俺が、君の秘密をばらしたらどうなるんだろうな？」

「ちょ――それは！　それは困りますっ！」

何年も家族にも内緒にしてきたのに。

頭の中で、これまで書いてきた作品をざっと思い浮かべてみる。

騎士の冒険譚は問題なさそうだ。ホラー……まあいいだろう。

ミステリも許容範囲だ、たぶん。

恋愛小説は……お色気満載のシーンがあればともかく、キスより先のシーンはいわゆる朝チュンですませてきたので、ぎりぎり言い訳はきく……おそらく。

——官能小説に手を出していなくてよかった！

官能小説だけは家族に言い訳できなかった。

貴族令嬢が手を出していいジャンルではない。

あと、スプラッタも書いていない。ホラーもミステリも書いてきたが、死体の描写は最
小限にとどめておいた——血しぶきの描写は最低限にしたかったので。

——う、うん？　あまり外聞がいいとは言えないけれど。

ぎりぎりなんとかなりそうな気がしてきた。

「公爵令嬢が小説を書いているなんて知られたら、かなり問題になるかもしれないな？」

なのにエリオときたら。

アドリアーナのわずかな現実逃避までぶち壊しにかかってくる。

なんとかなりそうな気もするけれど、反対する声の方が大きいだろう。

「……エリオ様、私は、別に」

悪気があったわけではない。ただ、家を出ても自分の力で生きていきたかっただけ。

その方法が、たまたま文章を書いて発表することだっただけだ。

「公爵も、公爵夫人も知らないんだろう？　彼らが知ったらどう思うだろうな」

「それは……」

思わず視線を泳がせる。

後退したいけれど、背中はもう壁に押し付けられている。

二人の距離を空けることはできなかった。

――この方、こんな人だったかしら。

アドリアーナの知るエリオは、いつだって優しかった。まさに王子という具合に。

ゲームの中でも王子にふさわしいキャラだと思っていた。

なのに、今の彼は底知れぬ恐怖を与えてくる。

背中にあたる硬い感触。足がどうしようもなく震える。

「何が……お望み……ですか……？」

こうなったら、嫌なことは早く済ませてしまおう。

相手が口にする前に、アドリアーナの方から口にした。

エリオの笑みが、ますます大きくなる。

「では、婚約を」

「かしこまりました――ってえええええっ！」

今、婚約と言わなかっただろうか。

婚約って、いわゆる求婚なわけで。それを今、このタイミングでしてしまって大丈夫なのだろうか。

「俺は、君がリーナ・ニコラスであるという秘密は守る。だから、君には俺と婚約してほしい」

「なんで……そうなるのでしょう？」

婚約してほしいって、王家と公爵家の婚約だ。そんな簡単に口にできることではないだろうに。

秘密を守る代わりに婚約って意味がわからない。

こんな意味のわからないことを言い出す人だっただろうか。

「大丈夫。もう、父から公爵の方に話はいっているから」

「それって、断ることはできませんよね？」

全然大丈夫ではなかった。外堀、完全に埋められていた。

国王から父公爵に話が行っている段階で、ほぼ決定である。アドリアーナが強固に反対しても、気持ちの問題だけで断ることはできない。

「俺に脅《おど》されている段階で、断れないと思うけど？」

ううと唸《うな》ってしまったアドリアーナに向かって、エリオはそれはもういい笑みを向けて、さらなる攻撃をしかけてきた。

「君の選択肢は二つ。俺との婚約を受け入れるか、秘密をばらされるか、だ」

「……エリオ様」

——別に、嫌ってわけではないのだけど。

どちらかといえば、エリオには好意を持っていた。

今の今まで。そうでなければ、キスされた時に、もっと嫌な気分になっただろうけれど、それは嫌ではなかった。

だけど、こんな脅すような真似をするなんて。

「どうして……脅すのです？　エリオ様らしくありません」

「俺らしくないって？」

「だって、こんな」

国王から父に話が行っていて、父も反対していないという段階で、アドリアーナの逃げ道は完全に塞がれている。

「だって、君は逃げるだろう？　俺と、まともに話をしたことがあったか？」

「——それ、は」

ますます後ろめたくなった。

たしかに、エリオと話をする機会は幾度かあったけれど、真正面から向き合ったことはなかったように思う。

この地を彼が訪れ、父に案内を命じられるまでは。

——だって、うかつに関わらない方がいいと思っていたし。

もし、エリオに関わってゲームに巻き込まれるようなことがあったなら。

「だから、逃げ道を塞がせてもらった」

「……そんな方だとは思ってもいませんでした」

じっとりと、エリオを睨《にら》みつける。

エリオに正体を知られてしまっている以上、逃げ出したとしてもリーナ・ニコラスとしての活動はもう無理だ。

名前を変えて活動しようとしたところで、すぐに正体に気づかれてしまうだろう。

——だって、殿下の婚約者になるってことは。

結婚すれば王太子妃、エリオが即位すれば王妃になるわけだ。

作家としての仕事は、もうできないだろう。

——編集長に、なんて言えばいいかしら。

執筆中のシリーズ物はどうしよう。できることなら、打ち切りであることが読者に伝わるようなエンディングは避《さ》けたい。

「その代わり、君の活動は続けていい。いや、続けてほしい」

「書き続けても、よろしいのですか……？」

一瞬にして、今刊行中のシリーズ物の決着をどうつけようか考えるところまで思考が飛んでいたけれど、エリオは思いがけない提案をしてきた。

「もちろん。俺は、君の作品のファンでもあるのだから」

「……でも、公務とかあるのですよね？」

「削れるものは削る。王太子妃ではなくても勤まるものはたくさんある」

「身体が丈夫ではありませんが」

半分は仮病、半分は寝不足のせいだけれど、一応それも言ってみる。エリオの気が変わるのではないかと期待して。

「それも俺がフォローする」

「……でも」

執筆を続けていいと許可が出て、体調の面もフォローも約束されてしまった。

どうしよう、断る理由がない。

——だって、私。

とっくにエリオに惹《ひ》かれている。きっとこうなるだろうとわかっていたから、彼には近づかないようにしてきたのに。

「アドリアーナ・ディ・ヴァルガス嬢、どうか俺の求婚を受け入れてくれ」

アドリアーナの手を取り、膝をついた彼は真剣な目でこちらを見上げている。

――わかってるけど……！　これ以上は危険かもしれないってわかってるけど！

胸がドキドキしている。

国王と父の許可を取り付け、どこでどうやったのかはわからないが、アドリアーナの正体まで知った上で求婚してきた。

今、アドリアーナの前に膝をついて求婚している彼の様子は、夢に出てくる王子様そのもので。断るなんてできない。

声を出すことはできずに、ただ、うなずいた。

それでも、エリオには十分だったようだ。

「というわけで、君にはここに住んでもらう」

「――は？」

公爵家令嬢なんて仮面、完全に取れた。取れてそのまま地面に落ちた。

まったく表情を取り繕えなくなって、アドリアーナは目を見開く。

「だって、そうだろう？　リーナ・ニコラスの仕事ぶりを俺は監督しなければならないのだから」

なんだか今日は、とんでもない発言ばかり聞かされ続けている。

「君の最初の読者になることができて、俺は幸せ者だ」

いや、それってどうなのだろう。

けれど、それもまた根回し済みだったようだ。家族の反対もなく、翌日には住まいを移すことが決定していた。

書斎はアドリアーナの仕事部屋に当てられた。

エリオはどこで仕事をするのかと思っていたら、客用の寝室が一つ、執務部屋へと改造されていた。

アドリアーナに婚約を断られた時のことは、まったく考えていなかったらしい。

――こんないい部屋を私に譲ってしまうなんて。

とはいえ、アドリアーナとしては、快適空間に不満があるわけではないのである。

一番いい部屋を確保してしまっていることに、若干の後ろめたさがあるだけ。

――お父様も、お母様も、お兄様達も……完全に籠絡《ろうらく》されているんだもの！

前世では外堀を埋めてからなんて言葉もあったが、気が付いた時には内堀まで完全に埋め尽くされていた。

こういうところに、エリオの恐ろしさを感じる。

アドリアーナに対する彼の好意も嘘ではないから、不愉快ではないけれど。

書斎にあるもう一つの机は、ニコレッタの仕事机だ。タイプライターの機種まで、どうやって調べたのかは考えない方がよさそうだ。

とはいえ、新しい生活にも問題がなかったわけではない。

「お嬢様、集中できませんか？」

「こんな明るい中でホラーなんて気分が乗らないわ……！」

ニコレッタに向かって思わず零《こぼ》したのは、次に予定していた作品がホラーだったのに、筆が進まないからだ。

今までは、夜の方が集中できるからと、深夜になってからごそごそと紙を取り出し、ランプの光の中で机に向かっていた。

それが今や、朝は朝食に間に合う時間にたたき起こされ、おいしく栄養満点の朝食を終えたかと思ったら、そのままこの部屋へと押し込まれる。

昼食の時間には、軽い食事。それから、再び執筆。運動と称して散歩の時間まで設けられている始末である。

この屋敷に移動して一週間の間に、アドリアーナの昼夜逆転した生活は、エリオによってかなり修正されていた。

「その方が、身体にはよいかと思いますけれど」

「あなたも遠慮がなくなったわよね」

少し前までは、ニコレッタも徹夜に付き合わされていた。今の健全な生活の方が楽らしく、主に対して容赦も遠慮もない。

「それを許してきたのはお嬢様でございますよ？」

「それもそうね」

出会った時とは違い、今のニコレッタはどこからどう見ても、立派なメイドである。アドリアーナの専属メイドとしてだけではなく、もう一人のリーナ・ニコラスとしても欠かせない人材である。

「それにしても、殿下がリーナ・ニコラスの愛読者だとは思わなかったわ……！」

道理で、手紙の中で読んだ物語について書いてきたり、アドリアーナが好みそうな物語を見つける度に送ってくれたりするはずである。

一番の読者になりたいなんて言われて思わずときめいた。

「リーナ・ニコラス先生。執筆ははかどっているか？」

そのエリオが扉の向こうからのぞき込んできて、飛び上がりそうになる。

エリオにリーナ・ニコラスと呼ばれると、もぞもぞと落ち着かない気分になるのだ。どちらも、アドリアーナであるのは変わりがないはずなのに。

「はかどりません。夜中でないと集中できないんです」

「それはよくないな。君がいつも具合悪そうなのは、徹夜のせいだということぐらい、俺が気づいていないとでも？」

「そ……それはっ！」

バレていた。

病弱設定に大いに説得力を与えていたのが、度重なる徹夜と昼夜逆転生活であることもバレていた。

座ったままで視線をうろうろさせるアドリアーナの様子が、とても面白かったらしい。

エリオはぷっと吹き出した。

――この方、こんな顔もできるのね……！

今まで知らなかった顔を見せられた。

エリオも、人前では見せない表情を見せてくれる。

この屋敷で生活するようになって、お互いのことを知る速度がどんどん上がっているように感じる。

「君はもう少し動いた方がいい。午後の散歩は少し距離を伸ばそうか」

「……ですが」

「そんな顔はしないこと」

ちょっぴり嫌な顔をしたのもしっかりバレた。

「わかりました。散歩に行けるよう、ちゃんと時間の調整はします」

――幸せだもの。

このまま、彼との距離を縮めてしまったらどうなるのだろう。胸の奥の不安には、気が付かないふりをした。

こうして、日はゆっくりと過ぎていく。

乗馬、散歩、一度だけ二人で一緒にボートにも乗った。あやうくボートがひっくり返りそうになったので、今後は遠慮させてもらうことにした。

——どうしよう。

どんどん、彼のことが好きになっていく。好きになったらおしまいだと思っていたのに。

好きになって、婚約してしまって、そして裏切られることになったら？

アドリアーナはラウラをいじめるつもりはないけれど、いじめたと濡《ぬ》れ衣《ぎぬ》を着せられて、社交界から追放される可能性は否定できない。

——どうして、こんなに不安になるのかしら。

ゲームの物語は大幅に変わった。ゲームの開始は阻止したはずだけれど、近づくまいと思っていたエリオに惹かれていく気持ちが大きくなって——。

ふるふると頭を振って、浮かんだ嫌な考えを追い払おうとする。

——私が心を強く持てばいいことだもの。

もう、彼に惹かれてしまったことは否定できない。

「ニコレッタ、明日、これを編集長に送ってもらえるかしら？」

古い館で暮らす若い女性を主人公としたホラー。

どれだけ恋焦《こ》がれても、主人公の想う相手には手が届かない。恋愛小説としての側面も持っていて、なかなかいい出来ではないかと思う。

「かしこまりました。今夜は、まだお仕事をなさいますか？」

「いいえ。やめておくわ。夜更かしをすると、エリオ様に怒られてしまうもの」

昼間は書けないと思っていたのに、最近では朝食を終えるとすぐに机に向かうのが日課となっている。

いつの間にか、生活習慣まですっかり改善されてしまっていた。

——こういう時って、どう振る舞うのが正解なのかしら。

婚約は受け入れてしまったけれど、これ以上、彼に気持ちを寄せたくないのに。接する時間が長くなればなるほど、どんどん彼に心を惹かれていくから怖い。

ニコレッタは自室に下がり、アドリアーナも部屋に戻ろうとする。ランプを手に廊下に出たら、ちょうどエリオが階段を上ってくるところだった。

「お出掛けだったんですか？」

「うん。公爵と話が少しあってね——アドリアーナは？」

「もう、寝ようと思っていたところでした」

どうしよう、正面から目を合わせることができない。

こんな風に、自分の気持ちを感じる前なら、エリオと話をするのはそんなに難しいことでもなかったのに。

「それなら、俺の部屋に来る？　公爵から、いいワインをもらったんだ」

一瞬迷ったけれど、アドリアーナを誘っているのは婚約者なわけで。

婚約者に誘われたら、行かない方が失礼なように思えた。

――いえ、違うわね。

表情の変化をエリオには見せないよう、少しうつむいてから苦笑を浮かべる。

エリオと二人でゆっくり話す時間が欲しいのは、アドリアーナの方だ。

差し出された手に、そっと自分の手を重ねる。エリオに導かれ、彼の部屋に入った。

先に使用人が支度をしていたらしく、室内には軽い酒肴《しゅこう》が用意されていた。クラッカーにチーズにコールドミート。

そこに出されているグラスは一つだけだったけれど、エリオは部屋の隅に置かれている棚から、もう一脚のグラスを取り出してきた。

「リーナ・ニコラス先生の新作はどう？」

「明日、出版社宛てに発送できるよう手配しました」

「一緒に王都まで届けに行こうか？」

誘いは嬉しかったけれど、それには首を横に振る。

アドリアーナ自ら出版社に足を踏み入れるのは、必要最低限にしておきたい。

「いつも、ニコレッタにお願いしているんです。私が作者だと知られて……家族に迷惑をかけることになったら困るでしょう？」

いつか家を出ていくことになるかもしれないとは思っていたけれど、家族に迷惑をかけたいわけではない。

できる限り秘密は守らなければならないと思っていた。

「でも、殿下はよくリーナ・ニコラスの正体に気づきましたよね？」

「ああ、あれな？　出版社にニコレッタが出入りしているのに気づいたものだから。彼女が出版社に出入りしているのは不自然だろう。それで、調べさせた」

「どうしてそこまで？」

「リーナ・ニコラスに会ってみたいと思ったから。あれだけ様々な物語を書くことができるんだ。斬新な発想をする人間に会ってみたいと思った」

「あ、それは……」

アドリアーナの発想ではなく、前世の記憶が大いにものを言っている。エリオの想像するような面白い人間ではなくて申し訳ない気がした。

「それは、ですね……単なる空想で」

あまりにも申し訳なくて、つい、もごもごと言い訳をしてしまう。けれど、エリオは気にしていない様子だった。

「アドリアーナが、作者だと知って嬉しかった」

「……なぜです？」

「新しい物語を、最初に見せてもらえるだろう？」

単にファンだったのだと、つまりはそういうことなのだろうか。

「いえ、それは無理ですね……」

と、発言したのは、ほんのちょっぴり意地悪な気持ちになったから。

今は幸せだからまあいいけれど、ああいう形で婚約に持ち込むのはさすがにいかがなものか。

――私もきっと、本気で嫌がっていたわけではないんだろうし。

本気でアドリアーナが嫌がっていたら、エリオはここまで外堀を埋めなかっただろう。

最悪、公爵家から逃げ出すという選択肢もあったのに、その手段を使わなかったのはアドリアーナの決断だ。

――いえ、だめね。ニコレッタがいないもの……！

ニコレッタがいなかったら、生活が成り立たないものの……！

ニコレッタがいなかったら、原稿の執筆速度は今の半分まで落ちてしまうだろう。そこまで彼女は大きな存在なのである。

ふとエリオを見てみれば、彼はなんとも面白くなさそうな表情をしている。

「最初に原稿を読むのはニコレッタですよ。彼女に仕事を手伝ってもらっているんですから」

「ニコレッタか。それはしかたないな」

「しかたない？」

「俺以上にアドリアーナに近い存在だからしかたない」

それに、と少しだけ笑いながら彼は続ける。

アドリアーナの恋人は自分一人だから、ニコレッタの存在は諦めると。

――諦めるって、いったいどういうつもり？

「んっ……」

不意打ちで、唇が重ねられる。ふわりと触れ合わせるだけの軽い感触。

それだけで、甘い痺《しび》れが背筋を走り抜ける。

この人に、愛されているのだと実感した。

今までにも、何度もキスを交わしてきた。人の目に触れないところで、幾度も。

その度に、触れ合わせている唇から彼の気持ちが伝わってくるようで、幸せに満たされた。

けれど、今日はいつもとは違っていた。

「ん、んん……んん？」

キスをする時には、いつだって目を閉じるものだ。

けれど、その目が驚愕に見開かれる。すぐそこにあるエリオの瞳。まっすぐにアドリアーナを見つめている。

その奥にはアドリアーナの知らない色があった。

とたん、ぞくりと背筋が震える。この感情に、どう名前をつけたものか。

ぬるりと入り込んでくる熱い舌。それは、初めて味わう感覚だった。

普段口内にあるそれが、触れ合わされる。甘やかな痺れが、身体を支配していく。

「あっ……エリオ……様っ！」

こんなことをしていてはいけない。不意に芽生える罪悪感。

――だって。

婚約は成立しているけれど、まだアドリアーナの気持ちはあやふやだし、婚儀は執り行っていないわけで――頭の奥ではそうささやく声が聞こえてくるのに、身体は自由にならなかった。

「ふぁ、あっ……んんぅ……」

エリオの舌は、巧みにアドリアーナの舌を翻弄《ほんろう》する。

ねっとりと口内をかき回され、強く身体を押し付けられて甘い吐息が零れた。

ぬるぬると互いの舌が絡み合う。互いの呼吸が混ざり合い、甘く苦しい感覚に蕩《とろ》けそうになる。

口内をぐちゃぐちゃにかき回され、舌で上顎をつつかれると、腰が抜けた。

身体に力が入らなくて、ソファにぐったりと身を預ける。それでもまだ執拗《しつよう》な口づけはやまなくて、身体の奥が疼《うず》き始める。

「エリオさ、ま……ん、ぁっ」

ようやく唇が離れた時には、アドリアーナの唇はすっかり濡れていた。

小さな声で彼の名を呼ぶものの、まだ、キスが続けられているような感覚が、唇に強く残っている。

こちらを見つめるエリオの目には、隠しきれない情欲が浮かんでいて、アドリアーナもまた身体が火照《ほて》るのを覚えた。

「俺が怖いか？」

「……いえ」

これから、自分達が何をしようとしているのかはわかっていたけれど、怖いとはまったく思わなかった。

前世からの知識があって、このあとに何が待ち受けているのかたぶん、同年代の娘よりは知識があったからかもしれない。

「そうか。それならよかった」

何がよかったのだろう――真正面から見つめられるのは気恥ずかしくて、思わず目を閉じる。

胸に手を当てて忙《せわ》しない呼吸を繰り返していたら、エリオはアドリアーナの身体に手をかけた。軽々と身体を持ち上げられたかと思ったら、そのまま隣の部屋へと移動させられる。

そこは、エリオが寝室として使っている部屋だった。シーツの上に身体が下ろされると、ぎしりとわずかにベッドがきしむ。

「やっ……あ、あぁっ」

首筋に、唇が押し当てられる。

そんなところにキスされるとは思っていなくて、びくっと背中が震えた。身体の奥に甘い喜悦がわいてきて、指の先まで震えてしまう。

「わ、私……」

自分の身体に起こった変化が、信じられなかった。

首筋に唇を押し当てたまま、彼が笑う。その振動さえも、すかさず甘い痺れに塗り替えられる。

「……可愛い」

肌に近いところでささやかれ、吐息が肌をくすぐった。

わずかな刺激なのに、それでいてちりちりと痺れるような疼きが身体全体に広がっていく。

「そんなこと、言わないでください……！」

「可愛いものは可愛いんだから、しかたないだろ？」

温かな舌が首筋を濡らしながら這《は》い上がり、耳朶に軽く歯を立てられる。

「んんっ！」

とたん、背中をのけぞらせてしまった。耳なんて、感じる場所ではないと思っていたのに。

――し、知ってるとは思っていたんだけど！

前世の知識がある分、冷静に対処できると思っていた。前世では、それこそ官能小説の類《たぐい》にも手を出したことがあるので。あくまでも読者としては、であるが。

だが、実際に触れられてみると、思っていたのとまったく違う。

どこもかしこも敏感になってしまっているみたいで、触れられる度に、身体をびくびくとさせてしまう。

「ここは？」

鎖骨に沿ってすっと指先で撫《な》でられ、また甘ったるい声が漏れた。

唇を半開きにしたまま、アドリアーナはエリオを見上げる。

「そんな顔をされるとどうしたらいいかわからなくなるな」

「そんな顔って？」

「気持ちいいのが半分、怖いのが半分」

笑みを含んだ艶《つや》っぽい声。声だけで背筋がぞくぞくする。彼は完全にアドリアーナのことを見抜いている。

彼の手に触れられる度、押し寄せてくる感覚が快感であることはもう認識していた。その快感にどう身をゆだねればいいのかは、まだ慣れない。

「すぐに、怖いのなんてどこかにいく」

「……ん、ぁっ」

焦《じ》らすような手つきで鎖骨のすぐ下、胸の膨らみの始まる場所を撫でられる。

恥ずかしいほど、頂《いただき》に神経が集中してしまっているのを自覚して、アドリアーナは首を左右に振った。

今でさえ身体がふわふわするのに、ぴりぴりする頂に触れられてしまったら、いったいどうなるのだろう。

「あっ、あぁっ……エ、エリオ様……！」

身体の脇に垂らしたままの両手が、シーツをぎゅっと摑《つか》んだ。

くすぐったいような、ふわふわするような感覚。

荒くなった呼吸に合わせて、胸が大きく上下する。

「柔らかい。それに、大きさもちょうどいいな――ほら、俺の手にちょうど収まる大きさだ」

「んんんっ」

背中をしならせたのに合わせるように、エリオは柔らかな膨らみを手中に収めた。

大きく広げたエリオの手に収められているその光景は、なんだかとても卑猥《ひわい》なものとしてアドリアーナの目には映る。

「はっ……あぁ……」

柔らかな膨らみが、エリオの手の中で卑猥に押しつぶされる。上下左右、思うままに揺さぶられて、身体の奥が甘く疼く。

「エリオ様、私、どうしたら」

「そのまま。好きなように感じていればいい」

エリオは、アドリアーナの額に口づけた。そうしながらも、手は動くことをやめない。

服の上から、すっかり硬くなっている頂を摘まれ、きゅうっと引っ張られる。とたん、胸全体、いや、身体全体にぴりりとした感覚が走り抜けた。

「あああっ！」

顎をそらして高い声を響かせる。

こんな声を上げてしまって、淫《みだ》らには思われないだろうか。けれど、そんなことを考える余裕も失われている。

「あっ……ん、ぁっ……あ、あぁっ！」

彼の手の動きに合わせているみたいに、唇からは嬌声が漏れる。はしたないなんて意識、あっという間にどこかに消え失せてしまった。

もっと触れてほしい。

もっと強い快感で、今、与えられている快感を塗り替えてほしい。

「んっ、んんんっ」

額に、頬に、と口づけられ、胸が甘く震えた。

背中をしならせた隙を見計らっていたかのように、シーツと背中の間にエリオの手が入り込む。

背中のボタンがあっという間に外され、コルセットの紐も解かれた。

「……あっ」

反射的に身体を隠そうとした腕が、シーツの上に払い落とされ、そのまま手首を押さえつけられる。

「ひ、ぁ……あっ、んんっ……ん、ぁっ！」

指先で先端を転がしたり、くすぐるように刺激されたりすると、全身が小刻みにぴくぴくと揺れてしまう。背中は勝手に浮き上がり、まるでもっと強い刺激をねだっているかのようだった。

ドレスが肩から引き下ろされ、下着もまとめて下ろされる。剝《む》き出しになった乳房がふるりと揺れた。

「あっ、あ、あぁっ！」

下着の締め付けから解放された乳房の頂が、濡れて生温かい口内に含まれる。ざらりとした舌の表面で刺激され、淫靡《いんび》な痺れが波紋を描いて広がっていく。

「エリオ……さ、ま……ん、あぁっ！」

じりじりとした悦楽が、腰の奥に生じる。悪寒にも似た愉悦。腰の奥に生まれたそれに翻弄され、じれったさに身体を捩《よじ》る。

柔らかな曲線を愛でているみたいに、ゆっくりと円を描きながらエリオの手は下へと下り始めた。

舌の先で、敏感な胸の先端をつつきながら。

きゅっと細くなった腰のくびれ、骨盤、そして、そこから脚の付け根をくすぐるようにして、わずかに開いた腿の内側へと侵入してくる。

先ほどからずっと身体は火照りっぱなし。

腰の奥が甘くずきずきし始めていて、右に左に身体をくねらせずにはいられない。

肌に触れる自分の髪の感覚さえも悩ましくて、蕩けた吐息《といき》が零れ落ちる。スカートが捲り上げられ、慌てて手で戻そうとするけれどエリオの方が早い。

「あ、だめですっ」

「だめって、何が？」

「だから、スカート……」

滑らかな内腿に頬を擦り寄せるようにされ、ますます頬が熱くなる。腿の内側に手のひらが這う。

欲望を見せつけるようなその触れ方に、アドリアーナの性感もますます大きくなってくる。

「だめって、言ってるのに……！」

「だめって、それじゃ何もできないだろ？」

スカートを引きずり下ろせば、脚の間からはエリオの不満の声が聞こえてくる。スカートを彼にかぶせてしまったようになっていて、アドリアーナは焦《あせ》った。

なんてはしたない格好をしているのだろう。

はっとして、ベッドの上の方にずり上がり、身をくねらせて逃げようとするが、それもまた無駄な抵抗。

「んっ、あぁぁあっ！」

今まで誰にも触れさせたことのない秘所に、エリオの指が触れた。すっかり濡れていて、下着まで溢れているのを、いやおうなしに自覚させられる。

「これだけ濡れているなら問題ないな」

問題は大ありだ――けれど、言葉にはできなかった。逃げようとするその動きを利用され、一気に薄布が引き抜かれる。

再びスカートは捲り上げられ、シルクのストッキングに包まれた脚が、頼りなくシーツに投げ出された。

「い、いや……触っちゃ、だめ――あっ、んあぁっ！」

突然の強い刺激に、背中を弓なりにした。大きく広げられた脚の中央、エリオの顔が沈み込んでいる。

今まで経験したことのない、快感一色に染め上げられた刺激。この刺激にどう対応したらいいものか、身体中が混乱している。

「んああっ、あっ、あっ、あぁっ！」

濡れた秘裂に沿って、舌が動いた。溢れる蜜液をあますところなくすくい上げようとしているみたいに舌が閃《ひらめ》く。

舌の先で撫でられる度、撫でられた蜜口は切なくわななく。

背を丸めたり、身体を横向きにねじろうとしてみたり。

今まで知らなかった感覚に、どう対応したらいいのかわからない。

「んんっ……ん、ん、ふ、ぁ！」

「声を殺すな。俺に聞かせろ」

「だ、だって……あぁっ！」

手首を口に押し当てて声を殺そうとすれば、熟《う》れた花弁が唇に挟まれ吸い上げられる。

そうされると、ささやかな抵抗も完全に消え失せて、ただ甘ったるい声を響かせることしかできなくなった。

「あっ……ん、く……ふっ……あっ、あぁっ！」

エリオの舌は執拗だった。逃げても、逃げても追いかけてくる。執拗な舌の動きに応えるように、身動きする度に新たな愛蜜がはしたなくも滴り落ちる。

一番弱い花芽をつつかれ、しならせた身体が愉悦に震えた。

身体の奥が、甘く切なく疼き、限界まで大きくなった快感が逃げ場を求めてアドリアーナを悩ませる。

「あっ……あっ、あ、ん――あぁぁっ！」

じゅるりと音を立てて吸い上げられるのと同時に、舌で花芽を押しつぶすようにされ、腰を浮かせて悶《もだ》えた。

次の瞬間には、視界が白一色に染め上げられる。

「ふっ……あぁ……」

シーツの上で背筋をそらせた身体が、ゆっくりと崩れ落ちた。

自分でもわかるくらいに心臓の鼓動が激しくなっている。

身体全体がじっとりと汗ばんでいて、額に前髪が張り付いた。

——思っていたのと全然違う……！

この世界の未婚女性としては、性に対する知識はそれなりにある方だと思う。だが、今、エリオに与えられた悦楽は、想像していたより何倍もすさまじかった。

アドリアーナの想像力をはるかに超えた強い快感。思考までもが快感に染め上げられるなんて、想像すらできなかった。

「どうだった?」

「ど、どうって……！」

額に口づけながら、笑い交じりに問われ、一気に頬に血が上る。自分一人、乱れた服装だからなおさらだ。

「気持ちよくなかったのなら、ここから先に進めないだろう?」

あまりの発言に言葉を失った。

進むつもりなのか、ここから先に。

「そ、れは……よく、わかりません……！」

手近にあった枕を引き寄せ、顔を埋めてしまう。

たしかに快感は得ていたが、それを素直に口にすることはできなかった。

「そうか。それなら、身体に聞くことにする」

身体に聞くことにするって、それはそれで悪役の発言だ——とは、言えない。

「あっ……ん、ぅ」

思わず肩を強張らせる。

すっかり蕩けている媚肉は、差し込まれた指を簡単に受け入れた。痛みはないが、違和感は大きい。

眉根を寄せて、小さく喘《あえ》ぐ。

長い指で、蜜壁をそっと擦り上げられ、なんとも形容しがたい感覚に見舞われた。

嫌じゃない、でも、気持ちいいわけでもない。

「ふっ……ぅ……ん、ん」

「中で感じるのは、難しいか？」

「わ、わかりません……」

中に差し込まれた指が、小刻みに動かされる。まるで、内側を探ろうとしているみたいに。中で軽く指を曲げられたら、また違う感覚に身体を捩らせてしまう。

「……あっ！」

ある一点を擦《こす》り上げられた時、今まで感じたことのない刺激に見舞われた。

「んっ、あ、あ、そこっ、だめぇ……」

ぴんと伸ばされたつま先が、もじもじとシーツを頼りなくかく。上向きに軽く折り曲げられた指。そこを擦り上げられると、ずきずきと甘い感覚が込み上げてくる。

「エリオさまっ、だめ、こんな……あ、ぁ、ふしだら、な——！」

「ふしだら？　いくらでも、乱れればいい。ここには俺とアドリアーナしかいないんだし。それに、俺がもっと乱れた君を見たい」

エリオの背中に手を回し、すがりつこうとすれば、中に押し込まれた指の律動が激しさを増す。

いつの間にか指は二本に増やされ、ぐちゅぐちゅという淫らな水音を遠慮なく響かせている。

「んんぅ、だって……は、あぁっ！」

ぐりっと奥を抉《えぐ》られて、顎を跳ね上げてしまった。

親指で硬くなった芽を押しつぶすような刺激まで加えられ、性の悦楽を覚えたばかりの身体は翻弄された。

「また、また、きちゃう——！」

「何度でも達しておくといい。その方があとで楽になる」

あっさり見つけ出された快感の源を震わされれば、ぱぁんと淫らな快感が弾《はじ》けた。次に襲いかかってきたのは、許容を越えた淫楽《いんらく》。一瞬、意識を飛ばしてしまったかもしれない。

「ん、あぁ……」

痺れるような絶頂を思う存分味わうと、ゆるりと意識が浮上してくる。

あえかな声と共に首を振ったら、エリオはそこに口づけながら、アドリアーナの身に着けていたものと自身の衣服を一枚残らず取り去ったところだった。

「エリオ、様……？」

服を着ている時は細身に見えるほどなのに、余計なものを取り払った彼の身体はよく鍛《きた》えられていた。

あれだけ散歩に連れ出されたから、身体を動かすのが好きなのだろうと思っていたけれど、服の上から想像していたのとは違う。

シーツを引き寄せ、自分の身体は隠そうとしながらも目を離すことができなかった。これほどまでに完璧な造形をしている人なんているのだろうか。

しっかりとした肩、適度に筋肉のついた胸から腹にかけての線。そこから下に目を下ろし、思わずそこで目を閉じる。

彫刻のようとでも形容できそうなエリオの身体の中、その部分だけは別物のような凶悪さだった。太く長い肉の杭。下腹部につきそうなほどに反り返ったそれは、エリオの欲望を如実に表しているものでもあった。

体内に、それが入るとは思えない。身体をエリオから遠ざけるように、ずるずると下がってしまう。

「ひゃあっ！」

目を閉じていたから、エリオがどこにいるのか見えていなかった。

腰のあたりに腕を巻きつけられ、強引に引き寄せられて、自分のものとは思えないほど色気のない声が上がる。

「怖い？」

「その、お、大きくて……」

耳元で、艶めいた声でささやかれる。わずかに震えながら返せば、笑う声がした。

「そこまで怖がられるとは思っていなかった」

そうささやかれたら、なんて返すのが正解なのだろう。目を閉じたままでいるアドリアーナの手が取られた。

「……え？」

導かれた右手が、なにやら熱く猛々《たけだけ》しいものに触れる。

それがなんであるかを瞬時にして理解し、一瞬、手を引っ込めそうになる。

けれど、アドリアーナの手の上からエリオの手がしっかりと重ねられていて、手を引くことは許されなかった。

「は、ぁ……」

重ねた手をゆっくりと上下に動かされれば、耳のすぐ側《そば》で艶《なま》めかしい吐息が零れる。

「……気持ちいい」

エリオの口から零れたのは、素直に快感を告げる言葉だった。

「気持ちいい……ですか……？」

こわごわと、でも、止めることなく手を動かし続ける。

うん、と小さな声で返されると、身体の奥がきゅんと疼いたような気がした。

やがて、傘の張った先端に、ぬめりを帯びた液体が滲《にじ》み始める。

「それを広げるように……そう……ああ、いいよ」

アドリアーナの手で、彼も感じてくれているらしい。嬉しくなって目を開けば、思いがけないエリオの顔が目に飛び込んできた。

わずかに寄せられた眉。目を閉じ、快感をあますところなく受け入れようとしている表情。小さく開いた唇からは艶めかしい吐息が零れ落ちる。

「エリオ様……？」

思わず彼の名を呼ぶと、彼も目を開いた。

——エリオ様も、ちゃんと感じてくれている。

先ほどまでただ翻弄されるだけだった。怖いと思っていたはずなのに、あっという間にそんな感情は消え失せる。

「アドリアーナ、好きだ」

「私も、好きです……あなたが」

込み上げる気持ちをどう伝えたらいいものか。

エリオの背中に回した手に力をこめる。互いの身体がより密着して、前よりもっとエリオを身近に感じた。

唇を重ね、どちらからともなく舌を差し出せば、互いの吐息が、鼓動が重なり合う。

「アドリアーナを全部もらっていいか?」

「……はい」

彼に、すべてを奪ってほしい。

エリオが身体の位置をずらす。

脚の間に、熱くて硬いものが触れた。先ほどまで、アドリアーナの手で触れていたそれ。

身体の奥が彼を欲しているのか、新たな蜜がこぽりと溢れ出た。

「はっ……ん、ぁあ……」

溢れている蜜をまぶすように、熱い欲棒が往復する。初めてなのに、身体の奥がますます熱を帯びた。

「あっ……ん、あっ」

先端があてがわれたかと思ったら、ぐっと中に押し込まれる。

アドリアーナは短く息を吐《は》いた。

今までエリオが気を遣って解してくれたからか、恐れていたような痛みはほとんど覚えなかった。

「ん――あっ、は、ぁ……」

じりじりとエリオは奥に進む。時折腰を止めては、そこで小さく腰を揺らす。

やがて、最奥までみっちりと満たされた。

「あぁ……エリオ様……」

「可愛い。アドリアーナ、ずっと君が欲しかった」

こんなにも、彼がアドリアーナを欲してくれたなんて。幸せだ。

「君が好きだ。アドリアーナ。世界中の誰より君が好きだ」

こんなにもまっすぐに愛の言葉を向けられるなんて。やがて身体が馴染《なじ》むにつれて、それだけでは足りないと、身体が訴えかけてくる。

自然とねだるように腰を浮き上がらせると、可愛いとまたつぶやく声がした。

「動くぞ。いいな」

「エリオ様の……好きなように……あ、あぁっ！」

緩やかに律動が送り込まれ始める。

肉棒が押し込まれる度に、蜜壁はいやらしく蠢《うごめ》く。たった今、初めて彼を受け入れたばかりなのに、もうこんなにも馴染んでいる。

「君も俺を欲しがっていてくれて嬉しいよ」

「んっ……ふっ……あ、ぁ……」

片方の手でアドリアーナを抱きしめたまま、もう片方の手が乳房に伸びてくる。

奥を突き上げながら乳房を揉み立てられると、それに呼応するかのように媚壁がうねる。

「こんなに、気持ちいいなんて。もっと奥まで俺が欲しい？」

胸の頂をきゅっとひねられたら、つんとした感覚が身体を走り抜ける。内腿はぴんと張り詰め、脚の先がより深い悦楽を求めてシーツをかき乱す。

狭い内側を猛々しい肉杭が押し広げ、淫猥《いんわい》な音を響かせる。

「エリオ様……エリオ様ぁ……！」

切羽詰まった声で、必死にエリオの名を呼ぶと、内側も激しく蠢いてエリオを締め上げる。

先端で奥を勢いよく突き上げられ、頭の奥まで焼ける気がする。

二人の身体が繋《つな》がっている場所から濡れた音が立ち、揺さぶられる度に意識が遠くまで

飛ばされそうになる。

「ああ、俺も、もう……」

アドリアーナを抱きしめる手に力がこもり、エリオの動きが激しさを増した。

エリオのかすれた声がアドリアーナの名を呼んだかと思ったら、内側を貫く肉杭がひときわ大きく膨れ上がったような気がする。

エリオの放った熱が、腰の芯までじゅわじゅわと流れ込んできた。

導かれた悦楽の極み。あまりにも深く甘美な一体感。

たしかに、彼と一つになったと感じた。

第五章　悪役令嬢ではなく、立派な王太子妃を目指したい

窓の外を流れる景色を眺《なが》めながら、アドリアーナは嘆息した。

――こんなに早く汽車に乗ることになるとは思ってなかったわね。

王都と公爵領を結ぶ鉄道。王都には近づかないつもりだったから、あと数年は乗る予定はなかったのだが。

アドリアーナとエリオが向かい合って座っているのは、蒸気機関車の真新しい豪華な客室である。

今回は王都まで半日乗るだけなので見学しただけだが、寝室や浴室も付属していて、宿泊もできるようになっているらしい。

窓辺に精巧な彫刻の施されたテーブルが置かれている。銀のティーセットでお茶をいただきながらの列車での旅は、とても快適なもので。

列車の中だからたいしたことないのかもしれないと思っていたが、お茶もお菓子もたいそう美味だった。

「どうした？」

「緊張しているだけです。王都に行くのも久しぶりですし、ロイヤルレッスンに参加することになるなんて考えたこともなかったので」

かぶっていた猫も淑女の仮面も、エリオの前では無意味だということももうわかっている。少しばかり不機嫌なところを見せても、エリオはまったく怒らないということも。

テーブルの上に身を乗り出すようにして、彼はアドリアーナの耳元でささやく。

「まさか、怯《おび》えているとか？」

「そんなわけでは、ありません」

怯えているわけではないと思う。たぶん、少し不機嫌なだけだ。

――参加しないって、あれだけ言ったのに！

ロイヤルレッスンに参加することになれば、いやおうなしに王宮で生活しなくてはならない。

メインの講義は王宮内の部屋で行われるけれど、王都の様々な場所で開かれているサロンにも参加することになる。

どのサロンに参加し、誰と繋《つな》がりを持つのかは参加者の自由。

それを見極める目を養うことも必要だ。

また、王族や上位貴族の夫人にとって、自分のサロンにどれだけの参加者がいるかというのは、自分の影響力を誇示《こじ》するための場でもあるらしい。

「俺の妃《きさき》が、ロイヤルレッスンに参加していないとなったら問題だろう」

「それもわかっています。ですから、こうして王都まで来たではありませんか」

不本意。

ものすごく不本意ではあるけれど、こちらもエリオの顔を立てているのだから多少不機嫌になるくらいは見逃してほしい。

――今年は、お母様もサロンを開くというし。

刺繍《ししゅう》の会だったり、読書会だったり、音楽を鑑賞したりと様々な催《もよお》しがサロンでは計画される。

母である公爵夫人は、自分の娘に手がかかることから――なにしろ病弱ということになっていたので――久しくサロンの受け入れ側《がわ》にはなっていなかった。

だが、今年は久しぶりにサロンを開く。アドリアーナもそこには参加しなくてはならないだろう。

これらについては、もう腹をくくった。なんとかやっていくしかない。

問題は、ラウラ――ゲームの主人公《ヒロイン》――の存在である。

――ゲームの開始は阻止したのだから、大丈夫。

そう信じたい。

八歳の時、記憶が戻って仰天した。ゲームに出てきたイジワル令嬢になるのだけは嫌だと思った。

だから、領地に引きこもり、自立の準備をし、エリオに出会わないようにしてきたのに。

結局、出会ってしまった。

そして、恋に落ちてしまった。

胸がどきりとしたのを、上から無理やり押さえつける。

今回の人生、家族に愛されていたのは知っているけれど、自分だけを愛してくれる特別な存在が一緒にいるというのは、こんなにも幸せなものなのだと思った。

列車が王都の駅に到着し、ホームへと降りた時には、多数の人が集まっていた。

「ご婚約、おめでとうございます」

「おめでとうございます、王太子殿下！」

正式に公表されていないものの、エリオとアドリアーナの婚約はすでに内定したものと思われている。

ロイヤルレッスンに参加する予定はなかったアドリアーナが、急きょ参加することになったのも、王太子妃としての教育の一環だと、王宮に出入りする者達には認識されているようだ。

「エリオ様……」

「大丈夫だよ、アドリアーナ。落ち着いて――笑って」

「笑ってと言われても！」

エリオの腕に思わず手をかけたら、なだめるようにその手が腰に回された。

こういう時、きちんと笑みを作ることができるように、公爵令嬢として訓練を重ねてきたはずなのに、いざとなると顔が強張《こわば》ってしまう。

「アドリアーナ様、ご婚約、おめでとうございます」

「……ありがとう」

アドリアーナにも声をかけられ、なんとか笑みを返したら、エリオがなんだか不機嫌な顔になった。

行こう、と言うなり、アドリアーナの腕を取って歩き始める。

「どうかしたんですか？」

「少し、腹立たしくなった。俺以外の男の目に君を映したくない」

エリオって、こういう人だっただろうか。思わぬところで独占欲を見せられて、頬が熱くなる。

嫌じゃない。嫌じゃないどころか嬉《うれ》しい。もっともっと、アドリアーナのことを好きになってほしい。

「祝福していただけているのなら、よかったのですけど」

アドリアーナは病弱ということになっていたから、エリオの妃なんて務まらないと反対される可能性もあった。

実際には病弱ではなく、睡眠不足でふらふらしていただけなのはエリオも知っているが、世間はそれを知らないし公表するわけにもいかない。

だから、王都に来るのを怖いと思っていた。だが、到着してみると思っていた以上に歓迎されている。

迎えの馬車に乗り込み、王宮に向かう。

大きくて立派な馬車は、エリオ専用だそうだ。エリオ以外でこの馬車に乗るのはアドリアーナが初めてらしい。

汽車の中から外の景色を眺めていたように、アドリアーナは王都の景色に目を向ける。

——ずいぶん、変わったような気がするわ。

王都に来るのは久しぶりだった。

公爵領も十分栄えてはいるが、やはり王都は違う。行き交う人も、公爵領よりずっと多い。

大通りの両脇にずらりと並んだ店舗には、種類も豊富な商品がこれでもかというほど並べられている。

ドレスや宝飾品を商う店で店頭に飾られているのは、最新流行の品ばかりだ。

「しばらくの間は、アドリアーナも忙しいと思う。少し余裕ができたら、街中を歩いてみようか。君に見せたいところがいろいろとあるんだ」

「連れて行ってくださるんですか？」

最後に王都で街中を歩いたのは、いったいいつのことだろうか。

エリオと一緒なら、どこに行っても楽しいのは間違いないだろうけれど。

——私、この人のことが好き。

喜ぶアドリアーナを見て、エリオの口元には笑みが浮かんでいる。

そんなエリオの手には書類があった。汽車の中でもずっとそれに目を通していたし、王宮までのわずかな時間でもそう。

膝に置いた書類に目を通す彼の目は真剣なものだった。

アドリアーナのことを見る時は熱を帯びる瞳。だが、今は真摯《しんし》に書類を睨《にら》みつけている。

右手が空中に何か文字を書くように動いた。頭の中で、数字の計算をしているらしい。

つい、見とれていたら、彼が顔を上げた。

「俺のことが、そんなに気になるのか？」

慌てて視線をそらすけれどもう遅い。笑みを含んだまなざしに、捕らえられたみたいに動けなくなる。

「……気になるというか」

「気にならない？」

「いえ、なります――エリオ様となら、どこまででも行けるような気がしたんです」

と、続ければ、エリオは怪訝《けげん》そうな表情になった。

思えば、日本からずいぶん遠いところまで来てしまった。もう、あそこに戻ることはできない。

一生領地でひっそり暮らすか、家を離れて世間から隠れて暮らすつもりだったのに。

きっと、エリオとならどこまででも行けるのだろう。

「……そういうことを言うから」

真正面から素直な気持ちを口にすれば、エリオは片手で顔を覆《おお》った。口にしたアドリアーナの方も照れくさくなって、窓の外の景色に気を取られているふりをする。

「この仕事さえなかったら、今すぐ君にキスして、それからそのままここで押し倒すのに」

「そ、それはどうかと……」

「冗談だよ。さすがに、ここでは、ね」

冗談だったのか。一瞬本気だと思ってしまった。

じっとりと恨みがましい目でエリオを見たら、何がおかしかったのか、彼は急に笑い始める。

「でも、我慢できそうにないな。キスだけなら――いい？」

「キスだけ、ですよ？」

唇を触れ合わせるだけのキスをする。

それだけのつもりだったのだけれど、そのキスが深いものへと変化するまでは、さほど長い時間はかからなかった。


こうして、アドリアーナの王宮生活は始まった。

昨年や一昨年からロイヤルレッスンに参加している者も含め、今は二十名ほどが王宮に滞在しているようだ。

それから、王宮には滞在せず、自宅や親戚の屋敷から通ってくる者もいるという。

日々、新たな交友関係を築き、相手がどこの派閥に属する家の娘なのかを確認する。

それは、アドリアーナの未来を守るためにも必要なことであった。

「アドリアーナ様は、どちらの講義を選択なさいますの？」

「そうですね……音楽はあまり詳しくないので、音楽の講義は積極的に受けてみたいと思っています」

公爵家の娘として恥ずかしくない教育は受けてきたけれど、それでも得手不得手というものがある。

アドリアーナが得意なのは、文学。

音楽は鑑賞専門で、楽器の演奏はさほど得意ではない。一応、求められたら一曲二曲披露できる程度の腕はあるけれど、名手と褒《ほ》めたたえられるレベルにはほど遠い。

王太子妃ともなれば、国外からの客人をもてなす機会も増えるだろうから、もう少しレパートリーは増やしておきたいところだ。

「サロンには参加なさいますの？」

「ええ。興味のある催しを見つけることができたら、ですが」

王宮で行われる講義には積極的に参加したいと思っているが、王宮の外で開かれるサロンについては慎重に選ぼうと思っている。

サロンへの参加は、横の繋がりを作るというのが一番大きな目的だ。

知り合いになりたい相手がどのサロンに参加するのか、事前に情報を入手し、そこにおもむくものなのだそうだ。

王宮での講義には、選ばれし者しか参加を許されないが、外部で開かれるサロンへはロイヤルレッスンへの参加資格を持たない者も参加することができる。

誰がどこと繋がっているのか情報収集をするのも、社交界に出れば必要になること。その訓練を今のうちにしておくということらしい。

「音楽でしたら、明日、マドリール伯爵の家で音楽会が開かれるそうですよ。同じ日に、レント侯爵家で、詩の朗読会があるそうです」

「音楽会は行ってみたいですね。朗読会はどうかしら……遠慮しておこうかしら」

頭の中で、名前の挙がったサロンには、誰が参加するのかを検索しながら答える。

はしごすれば、どちらのサロンにも参加できるけれど、まだロイヤルレッスンは始まったばかりだし様子見をしておきたい。

「明日の音楽会、私もご一緒してよろしいですか？」

「私も」

もちろん、同行したいという人がいるのなら、アドリアーナとしては断る理由はない。

――新しい友人が増えそうでよかった。

今まで領地に引っ込んでいたから、同年代の女性との交流もごく限られた機会しかなかった。

エリオがアドリアーナをここに連れてきたのには、もっと交友関係を広げてほしいという願いもあるのだろう。

彼の隣にいたいのならば、あまり得意ではないがなんとかやっていくしかない。少なくとも、新たな友人達とは仲良くやっていけそうだ。

「アドリアーナ様は文学にお詳しいのですね。最近の流行小説までお読みになっているとは存じませんでした」

「物語の世界は、わくわくするでしょう。だから、自然と……ね」

どのサロンに参加するのかを、新しくできた友人達と検討しながらお喋《しゃべ》りをするのも新たな楽しみだった。流行の小説を好んで読む者は意外と多いらしい。

「特に、リーナ・ニコラスは素晴らしいですわ。次は、どんな作品を発表するのか楽しみでしかたないんです」

「できれば、ホラー以外がいいわ。私、ホラーは苦手なんだもの」

リーナ・ニコラスの名前が出てくると、つい挙動が不審になってしまうのは困りもの。

——この人達、目の前に作者がいるなんて、まったく想像もしていないのでしょうね
……！

友人達が、楽しんでくれているなら幸いだが、自分の名前が出るとつい顔を引きつらせてしまう。

「アドリアーナ様は、リーナ・ニコラスはお嫌い？」

「い、いいえ？　そんなことはありませんわ」

「ですが、先ほどからずっと口を閉じていらっしゃるから……」

こういう時、本当に彼女達は鋭《するど》い。

一気に、身体中の毛穴が開いたような羞恥心《しゅうちしん》が襲いかかってきた。

——気づかれたらどうしよう。

「そ、そそそそうね……実を言うと、リーナ・ニコラスの作品は、何度も読み返しているの」

それはもう執筆の段階から、何度も何度も嫌になるほど読み返している。

商業作品は、原稿を書き終えて、それで終わりというわけではない。

推敲《すいこう》を重ね、ニコレッタや編集者の意見を聞いて修正を入れ、そして校正作業を行ってようやく完成となる。

読み返した回数なら、この場にいる誰よりも多いはず。

「ただ、私が……リーナ・ニコラスの作品について語るのは、何か違うような気がして」

なにせ、作者なので。

だが、アドリアーナの発言は、違う形で受け止められたようだった。

「まあ……熱烈に信奉していらっしゃるのね！」

「——え？」

なんで、そうなる。

「作品について、語ろうとするだけで胸がいっぱいになるのでしょう？」

違う意味で胸はいっぱいだ。

あの時は締め切りに追われて大変だったとか、三日徹夜したので終わってからぐったりだったとか。

「でしたら、語る気にならないのも当然ですわ！」

「……え、ええ……まあ、そういうことになるかしら？」

熱烈な信奉者だと思ってくれるのならそれでいい。そして、アドリアーナが作者だと思わなければもっといい。

「アドリアーナ様は、どの作品がお勧めですか？」

「え？」

「いえ、何度もお読みになっていらっしゃるということですから、どの作品が一番面白いのかと……」

そういう方向から話がくるとは思っていなかった。

どの作品にも思い入れはあるし、どの作品にもその時できる限りの努力を払って執筆してきた。

最初のうちは、前世で読んだ物語のリライトだったけれど、今ではオリジナルの作品も書けるようになったと思う。

はじめは、ゲームの開始から逃げ出すための手段でしかなかったけれど、今では書くことそのものがアドリアーナの喜びでもある。

「俺は、『月の娘』が好きだな」

どれを一押ししようかと迷っていたら、後ろからエリオの声がした。

「殿下？」

慌てて振り返ると、アドリアーナの座っていた椅子《いす》の背もたれに手を置いたエリオと目が合う。アドリアーナを見下ろす彼は、にやりと笑った。

――私が、どれを勧めたらいいか迷っているのに、気づいていらっしゃるわけね。

「殿下も、リーナ・ニコラスをご存じなのですか？」

リーナ・ニコラスの処女作『月の娘』は、『かぐや姫』をリライトした作品である。

この世界で暮らす人達の好みに合わせるにはどうしたらいいのか、四苦八苦した記憶がある。

幸い、処女作で出版社に気に入られ、かなりヒットしたことで公爵家を出てもやっていけるという自信を持つことができた。

様々な意味で、思い出に残る作品でもある。

「一番古い読者の一人だと思うぞ？　初版が書棚にあるからな」

デビュー作ということで、初版はそれほど多くなかった。

主に若い女性の間で人気が出て、増刷を繰り返した作品である。その一作でファンになってくれた読者も多かった。

「まあ、殿下もリーナ・ニコラスがお好きとは知りませんでした」

「クライヴ・カルドアも好きだ」

――ちょっと！

今、名前が挙がったのは、アドリアーナのもう一つのペンネームであった。

メインはあくまでもリーナ・ニコラスなのだが、クライヴ・カルドアという男性名では、男性読者が好みそうな作品を書いている。

こちらもまた、そこそこ売れている作家であって、いずれはもっと作品数を増やしておきたいと考えているところであった。

――どちらも、私の作品なんですけど……？

エリオが、アドリアーナの作品を好んでくれるのはありがたいが、ここで名前を出されるとどうしたらいいのかわからなくなる。

だらだらと汗が出てきてしまい、ハンカチでそっと顔を押さえた。

「そうだな――あとは、ヨハン・マーシュも悪くないな」

新たに名前が挙がったのは、主に歴史に題材をとった作品を執筆している作家である。

かなりの大御所であり、男性貴族にファンが多いのだとか。

忙しい合間に、どれだけ本を読んでいるのかと驚かされる。

今、名前が挙がったのは小説家ばかりだけれど、軍事書に経済書までしっかり読んでいるというのに。

――そんなに微笑《ほほえ》まなくてもいいでしょうに。

エリオの麗しい微笑みに、集まっている女性達が見とれているのがわかる。なんだか、彼が他の女性に笑みを向けているのが面白くないと思ってしまった。

集まっている女性達に、惜しみなく笑みを振りまいているエリオの脇腹をつついてやりたくなる。

「アドリアーナを少し借りてもいいか」

「もちろんですとも！」

まだ、世間には公表していないが、アドリアーナとエリオの婚約が内定していることは、この場にいる者達なら知っている。その情報を入手できないようでは、社交界を渡っていくことはできないのだ。

一緒に話をしていた令嬢達は、エリオにエスコートされるアドリアーナを笑顔で見送ってくれる。

──面白くないって思ってしまうのは、私が間違っているのでしょうね……。だけど、彼のあんな微笑みを他の人には見せたくない。

「なんで、そんな顔をしているんだ？」

「……知りません」

ぷいと顔をそむける。

他の令嬢達に、あんなに愛想よくしなくてもいいではないか。

婚約者はアドリアーナなのに。

――私、意外と焼きもち焼きだったみたい。

自分でも、こんな嫉妬心が出てくるとは思ってもいなかった。もう少し、感情を制御できると思っていたのに。

「アドリアーナ?」

「……他の女性とお話をしていたエリオ様が、とても楽しそうだったんだもの」

このくらい、言っても許されるはず。

だって、アドリアーナは、彼の婚約者なのだから。

「そういうことを言うから」

「なんです?」

「俺が、我慢できなくなったらどうするつもりなんだ?」

周囲に、他の人がいないのを確認してから、素早く唇が触れ合わされる。そんな触れ合いを、幸せだと思ってしまった。

◇　◇　◇

ヴァルガス家の領地から戻ってきたあと、エリオは慌ただしい日常を送っている。

いくら、以前の半分以下の時間で行き来できるようになったとはいえ、あの地で長期滞在するとなると、現地で手をつけられない仕事が出てくるのはしかたない。

もちろん、国王である父の許可も、王妃である母の許可も得てから出かけ、毎朝王都から書類を運んでもらい、ヴァルガス領でできる仕事についてはやってきたが、それにしたって限界というものがある。

だが、それでもエリオの機嫌がいいのは、アドリアーナと会おうと思えばいつでも会える距離にいるからだろう。

なかなか返事のこない手紙のやり取りだけで、じりじりしていた頃とは違う。

なぜか、彼女がエリオに怯えていたのも知っていたけれど、今は気持ちが通じ合っているから問題ない。

「……そんなに、我が領地での時間は楽しかったのですか？」

「まあな。それに――」

「妹を、ロイヤルレッスンまで引っ張り出すことに成功するとは思ってもいませんでしたが」

アドリアーナの長兄であるユーベルは、エリオの側近でもある。

その彼は、エリオがアドリアーナと両想いになったことも、王都に連れ出すことに成功したことにも驚いているようだった。

「妹は病弱でしたし、結婚についても父のいいようにしてくれとしか言っていなかったので」

病弱ではなく乱れた生活習慣が身体の弱かった理由だが、それについてこちらから口にするのはやめておこう。

ヴァルガス公爵家の皆が、アドリアーナを愛している。

「俺が相手じゃ不満か？」

「とんでもありません。これ以上ない良縁だと思っていますよ。妹は、受けられる限りの教育はきちっと受けてきましたしね」

ユーベルは、アドリアーナが国内屈指の人気作家であるという事実は知らないらしい。どういうわけか、アドリアーナは自分の作品について、家族に語ろうとはしてこなかったようだ。

一度、理由を聞いてみたことはあるのだが、『家族に執筆活動について知られるのは恥ずかしくて……』と言っていたので、それ以上追及はしていない。

貴族の娘が商業作家として働いているなんて、外聞のいいものではないということくらい知っている。それもあって、語らなかったのだろう。

──俺は、辞めさせるつもりはないがな。

母は、王妃としての政務の合間に読書をするのを、なにより好んでいる。

エリオ以上になんでも読んでいると思う。その母も、リーナ・ニコラスの愛読者の一人である。

リーナ・ニコラスの活動をやめさせ、エリオを読書家にした母をがっかりさせたくないというのもあるが、それ以上にエリオが、彼女が紡ぐ次の物語を楽しみにしているというのもある。

それに、リーナ・ニコラスの正体を知っているのは、ごくわずかな人数だけ。その中に自分も入っていると思えば悪い気はしない。

今後も、リーナ・ニコラスの正体については、口をつぐんでおくつもりだ。

「今のロイヤルレッスンの参加者はどうだ？」

「そうですね。妹と仲良くできそうな令嬢が何人か。それに、男爵家から伯爵家の養女になった娘もいますね」

領地に引きこもって暮らしていたから、アドリアーナは友人が多い方ではない。そんな彼女の友人になれそうな令嬢が参加しているのであればよかった。

ロイヤルレッスンは、参加を開始する時期も卒業する時期も決まっているわけではない。『ファーレンティアの花嫁』になることを目標とする娘が多いから、だいたい建国祭の前後に出入りする者が多い。

過去一年の成果を見て、『ファーレンティアの花嫁』を選出するため、途中参加は分《ぶ》が悪いからだ。

別に、『ファーレンティアの花嫁』になるのは、王族に嫁ぐ必須条件というわけではないのだが。

過去、王族に嫁いだ国内の娘は、八割ほどが『ファーレンティアの花嫁』経験者である。

アドリアーナは、八か月ほどしか参加できないから、今年、彼女が花嫁に選ばれるのは難しいだろう。

ロイヤルレッスンへの参加をアドリアーナに求めたのは、未来の王妃がまったく参加していないのは、のちのち問題になる可能性があるため。

もう一年、彼女には参加してもらうという手もあるのだが、それではエリオが待ちきれない。

――あと一年もアドリアーナとの結婚を待つだなんて、拷問以外の何物でもない。

ようやく、彼女と気持ちが通じたのだ。あと一年以上待つなんて難しい。

今年の建国祭の直後に婚約を正式発表、それから三か月後に結婚式を予定している。

なにより、『ファーレンティアの花嫁』になるとかならないとかよりも、アドリアーナに王都での生活を楽しんでもらいたいというのも目的の一つなのだ。

彼女に、それを告げることはないだろうけれど。

――観劇に美術鑑賞、それから買い物もいいな。

結婚してしまったら、今のように自由に王都を歩くというわけにもいかない。

アドリアーナの自由を奪ってしまうのが否定できないからこそ、今のうちに自由を楽しんでもらいたい。

「なんて顔をしているんですか」

「どんな顔だ？」

「兄としては、いろいろと複雑になるような顔です」

ユーベルは、複雑そうな内心をのぞかせた表情になった。

「たしかに、アドリアーナのことを考えていたのは否定できないな」

悪びれずにそう言い返せば、ユーベルはエリオの前に新たな書類を積み上げた。

「急ぎではありませんが、早めにお願いしますね？」

「悪魔のような男だな」

ヴァルガス領への滞在を決行したことで、負担をかけてしまったのは悪いと思うが、必要以上に仕事を増やさなくてもいいではないか。

と思っていたら、書類の上にもう一枚、紙が追加された。

――新しい演目？

王立劇場で上演される新しい劇のチラシである。

主演俳優の顔が大きく印刷されている。たしか、最近人気が出てきた若手だという話だった。

「王妃様の許可をいただいています。この仕事が全部終わったら、ボックス席を譲ってくださるそうですよ？　誰を誘うかは自由だともおっしゃっていました」

「――感謝する」

「妹と出かける口実を作って差し上げたのですから、当然、さっさと終わらせていただけますよね？」

そう言うユーベルは、とてもいい笑顔である。どうやればエリオのやる気をかき立てることができるのか、完全に把握されている。

だが、こうやって彼の手の中で転がされるのも悪くない。

「今日中に終わらせよう」

新しい演目ならば、アドリアーナにも見せてやりたい。

愛する者ができたことで、自分がここまで変化するとは思っていなかったが、悪くない変化だと思った。

◇　◇　◇

ロイヤルレッスンでの学びは順調だ。

護衛をつけるという条件付きではあるが、エリオと二人での王都観光も許されている。

今日は、エリオに誘われて新作の演劇を鑑賞に来たところだった。

王立劇場で公演を許される劇団はほんの一握り。

王家専用のボックス席に腰を下ろせば、劇場内をぐるりと見回すことができる。ふかふかの椅子に腰を下ろし、アドリアーナは微笑んだ。

「王都に来てよかったことの一つは、観劇の機会が増えたことですね」

「公爵領に劇場はないんだったたか」

「ありますけど、王都ほどたくさんはありませんし、演目も限られますし」

国全体を回って、劇団は公演をするがやはり人気の劇団は、王都で公演を打ちたがる。

それに、人気の俳優もまた、王都以外での公演に参加するのは珍しい。

ヴァルガス領は王都からそれなりに距離があり、鉄道が開通するまでは片道三日かかっていた。

公爵家の財力をもってすれば、快適に旅をするのは難しいことではなかったけれど、病弱設定だったので、しばしば外出するのもはばかられた。

そんなわけで、王立劇場で公演できるような劇団の劇を鑑賞する機会というのは、アドリアーナにはほとんどなかったのである。

「人気の演目もよく知らなかったし……それどころではなかったというのもあるのですけ

どね」

片道三日かけて王都で観劇するより、領地の屋敷で執筆する方を選びたかった。王都に出かければ、様々な社交上の付き合いも発生するからというのもその理由だ。

「リーナ先生は忙しいからな」

「その名前で呼ぶのはやめてください！」

アドリアーナではなく、リーナと呼ばれるのは恥ずかしい。さらにそこに先生なんて付けられたら、入るための穴を探したくなる。

「俺はこんなに好きなのに」

「私ではなく、リーナ・ニコラスが――ですか？」

どちらも含めてということはわかっているけれど、ついそう問いかけたくなった。

新作はいつ刊行されるのかと何度も聞かれたので、ちょっと意地悪をしたい気分になったのである。

「リーナ・ニコラスがいなくなったらがっかりするだけだが、アドリアーナがいなくなったら絶望する」

それって、いくらか重すぎな気もするのだが――それを嬉しいと思ってしまうのだから、アドリアーナもたいがいなのかもしれない。

「……私は、ここにいます。ずっと」

アドリアーナとて、エリオの側《そば》を離れるつもりはないのだ。彼が生涯の伴侶にアドリアーナを選んでくれたのは幸いだった。

エリオの手に、自分から手を重ねて微笑む。エリオも微笑み返してくれた。

そろそろ上演開始時間だ。

――ほぼ、満席のようね。

ボックス席から劇場内を見下ろせば、観客席はほとんど埋まっていた。人気の演目だと聞いていたけれど、評判に間違いはなさそうだ。

椅子に座り直そうとし、そこで動きを止めてしまう。

――あの方、まさか。

けれど、そこで思いもかけない人を見つけてしまった。

淡いピンク色の髪に青い瞳。目立つような美人ではないが、可愛らしい顔立ち。

邪気のない笑みを浮かべて、隣にいる男性貴族になにやら話しかけている。

――嘘《うそ》でしょ、まさか。

ラウラ・クライヒ。ゲームの主人公《ヒロイン》である彼女に、よく似ている気がする。

嫌な汗が、背筋を流れ落ちた。頭ががんがんとしてくる。

どこで間違えたのだろう。

アドリアーナは参加することになってしまったが、ラウラがロイヤルレッスンに参加しなければ、ゲームは始まらないと思っていた。

アドリアーナのその判断が、甘かったというのだろうか。

「アドリアーナ、どうした？」

「い、いえ……少し、その……急に気分が」

なんと言い訳をすればいいのか思いつかなかったから、少し前にしばしば口にしていた口実を持ち出す。

顔が汗でびっしょりになっているアドリアーナを見て、エリオも仮病ではないと判断した様子だった。

「ここにいて。冷たい飲み物を持ってくるから」

待って、と引き留めかけたアドリアーナの手はそのまま下に落ちた。

——いえ、ここにラウラがいてもおかしくないのかも。だって、彼女は王都の出身だもの。

ロイヤルレッスン内で見かけたのならともかく、ここは料金さえ支払えば誰でも出入りできる劇場。

——ここにいるのはゲームのキャラクターじゃなくて、生きた人間。観劇だってするだろうし、今後、サロンで見かけることもあるかもしれないし。

アドリアーナだって、この世界に生まれてから十八年、様々な経験をしてきた。ゲームの登場人物が、キャラクターとしての行動をとるとは限らない。

サロンだって、身元の保証さえされていたら、門戸を広く開いている場所もある。貴族の娘であるラウラが、参加していたっておかしくない。

公爵家の娘であるアドリアーナと、男爵家の娘であるラウラが顔を合わせる機会だって今後絶対出てくるはずだ。

――落ち着こう。

嫌な鼓動を刻む胸を押さえつけて自分に言い聞かせる。

エリオが戻ってきた時には、平常心を取り繕《つくろ》える程度には回復していた。

「無理をさせてしまったかな」

「無理なんて……こんなにたくさんの人が集まっていると思わなかったから、少し驚いただけです」

しばらくの間一人になって、いろいろと考えることができたのもよかったのかもしれない。

ラウラが、エリオを欲しがっているとは限らないのだ。先走って悩むのもよくない。

――大丈夫。大丈夫よね、私。

今のところアドリアーナにできるのは、自身にそう言い聞かせることだけ。

「気分が悪くなったら、すぐ俺に言うんだ。君が望むのなら退席したってかまわないんだから」

エリオの唇が、額にそっと押し当てられる。

――私は、大丈夫。

懸命に自分にそう言い聞かせる。そうすることしかできなかった。

第六章　ゲームの開始は阻止した……はずですよね？

ロイヤルレッスンに参加するのは、社交界デビューを控えた伯爵家以上の貴族女性。十二、三歳から十八歳くらいまでが参加期間とされている。

最低でも三年は参加した方が、多数と縁を繋《つな》ぐことができるという理由で、たいていの場合は十五歳以前に参加を開始するようだ。一年中門戸は開かれており、いつ参加を始めても卒業してもかまわない。

十八歳のアドリアーナが急きょ参加することにしたのは、王家と公爵家の事情。

王太子妃がロイヤルレッスンに参加しないのは外聞が悪いというのが、その大きな理由である。

――でも、学ぶのは面白いわ。

勉強は、嫌いではなかった。

前世は大学まで通った。学校生活というものには慣れている。

似たような年齢の人たちと一つの教室に集まって、こうやって講義を受けるのは、前世に戻ったみたいで楽しい。

「アドリアーナ様、次の講義もご一緒してよろしいですか？」

「ええ、もちろんよ。一緒に座りましょうね」

未来の王妃と繫がりを持てば、実家にも婚家にも便宜《べんぎ》をはかることができるため、王太子妃に内定したアドリアーナに近づきたいと願う者は多い。

もちろん、十八歳まで公爵家で暮らしてきたのだから、そのあたりのことくらい十分心得ている。

利権が絡む事柄については、うかつに口を開かないこと。

エリオとの関係がどのようなものなのか口外しないこと。

これさえ守っておけば、さほど難しい話ではない。新しい友人達と過ごす時間も貴重なもの。

――私に参加しろというエリオ様のお気持ちもわかるものね。

アドリアーナに、最後の自由時間を与えてくれている。

王太子妃として王宮に入ったら、こんな風に友人達と過ごすことができないのも承知している。

「あの……私も入れていただいても、いいですか？」

不意にかけられた声に、アドリアーナは肩を跳ね上げた。

——嘘《うそ》でしょ！

ゆるゆると振り返る。そこに立っていたのは、淡いピンクの髪を肩から背中にかけて流した少女だった。

——ラウラ・クライヒ……なんで、彼女がここにいるの？

劇場にいた時は偶然だと思った。

王都で暮らしているのなら、観劇に行くことくらいあるだろう、と。彼女が座っていたのは、さほど高価な席ではなかったし。

サロンで顔を合わせるのは覚悟していたが、まさか王宮で顔を合わせることになるとは思っていなかった。

「あなた、初めていらしたのかしら？」

あまりのショックに返事もできずにいたら、側《そば》にいた友人が代わりに返事をしてくれた。

——嘘よ、だって。彼女の実家には援助をしたし……。

男爵家の娘は、参加できないはずなのに、なぜ、ロイヤルレッスンに参加しているのだろう。

「はい、ラウラ・クライヒと言います！　ラウラと呼んでくださいなっ」

天真爛漫《らんまん》な微笑《ほほえ》み、明るい声。きっと、彼女を好ましいと思う人もいるのだろう。

ここが、王宮でさえなかったら。

「ラウラさん……あなた、どういうつもりでここにいらしたのかしら？」

友人が発したのは、アドリアーナが肩を跳ね上げたほど低い声だったのに、ラウラにはまったく響いていないようだった。

それこそ、きょとんという言葉が似合う表情になったラウラは、すぐにぱっと明るい笑みを浮かべる。

「立派な淑女になるため、ですよね？」

ですよね、と相手に同意を求めてどうする。

アドリアーナは額に手を当てた。

――男爵家としては、十分なのだろうけれど。ここに来るにはいろいろと足りていないわね。

今、ラウラが身に着けているドレスは、流行のものと異なっている。流行のものと比べると、スカート丈が短いのだ。

それは、前世ならマキシ丈と呼ばれる長さだろう。

足首が見えるか見えないかのぎりぎりな範囲。けれど、ここでは足首を見せるのははしたないとされている。

アドリアーナにしても、他の令嬢にしても、地面につくのではないかと思う長さのものを選んでいる。

今、ラウラが身に着けているようなスカートを着用したいのであれば、足もとはブーツにして足首が見えないようにすべきだが、ラウラが履いているのは、大きく前が開いたパンプスだ。

「ラウラさん、あなたどうやってここに来たのかしら」

ラウラが身動きする度、スカートもひらりと揺れる。

そうする度に、ちらちらと足首がのぞく。ここにいるのは女性ばかりだけれど、男性がいたらさぞや目の毒だろう。

「どうやってって……叔父様が連れてきてくださいました」

「叔父様ですって？」

「はい。クライヒ伯爵です。子供がいないので、私を養女にしてくださって……えへへ、私が、叔父様の役に立てるよって言ったからなんですけど」

あっけらかんとしたラウラの言葉に、集まっていた令嬢達がざわつき始める。

――クライヒ伯爵……なぜ、ラウラを参加させてしまったの！

めまいを起こしたような気分だ。

たしかにここに参加できるのは、伯爵家以上の家柄の娘。養女でも可ということにはなっている。だが、それは最低限まともな教育が終わっているという前提があってのもの。

――というか、誰が彼女を推薦したのかしら……？

今の彼女を見ていると、到底ロイヤルレッスンに参加していい基準に達しているようには見えない。

「あれ、私、変なこと言っちゃいました？」

ますますきょとんとしてしまったラウラに、皆、ため息をついた。

彼女達の心の中では、同じ言葉が渦巻《うずま》いているだろう。「こいつを推薦したのは誰だ」と。

「ラウラ・クライヒさん。私達、あなたの参加にとても驚いているんです」

「そうそう、驚きますよね？　急な参加だし……もう、十八ですし。でも、アドリアーナさんもそれは同じでしょう？」

友人は、やんわり「きちんとした教育を受けていないのに、ここに来るとはどういうつもりだ」と、言ったつもりだったのだろう。

やはり、ラウラにはまったく届いていないようだ。思わぬ方向から撃たれて、アドリアーナも言葉に詰まった。

「え、ええ……私も急な参加です。これまで領地にいたので」

「私は、家にいましたから！　家業の手伝いが忙しかったんです」

「そ、そうなの」

先ほどからずっと、ラウラに対する自分の顔が、引きつっているような気がしてならない。

「えへ、仲良くしてくださると嬉《うれ》しいです！」

なんだろう、このぞわぞわする感じ。「えへ」と、本当に口で言う人初めて見た。

「ああいけない。そろそろ次の講義が始まってしまいますわ。皆さん、行きましょうか」

ちらりと時計を見上げれば、タイミングのいいことに次の講義の始まる時間だ。アドリアーナは皆を促し、次の講義に向かうことにした。

同じ講義に出たならば、ラウラのことを観察する機会もあるだろうと思って。

結果として、ラウラの様子を見ようと思ったアドリアーナの判断は正しかった。

「ラウラ・クライヒさん。あなたの服装は、ここにはふさわしくありませんね」

「申し訳ありません。次からは気をつけます」

講義が始まったとたん、ラウラは表情まで一変させた。

講師の前ではきちんとするらしい。

——講義中はちゃんとするのならまだましかしら。

男爵家の娘として生まれたラウラは、両親の死によって急きょ伯爵家の娘となる。そのため、必要な教養がまったく足りていないという設定だった。

伯爵が姪のために奔走《ほんそう》し、なんとか推薦を取り付けて参加した——という設定だったはず。そういった意味では、ゲームどおりの展開ではあるのだ。

――私、ゲームの開始は阻止できたと思っていたのに……。

ラウラの両親の死は防ぐことができた。何度かこっそり調べさせたが、両親の手伝いをしながら、幸福に暮らしていると聞いていた。

もうしばらく、様子を見た方がいいかもしれない。アドリアーナは、ラウラに近づかないようにしながら。

アドリアーナの懸念とは裏腹に、ラウラはそれなりにロイヤルレッスンに馴染《なじ》んでいるようであった。

普通ならありえない言動は、「男爵家出身の方だから」でなんとかなってしまった。講師の前ではきちんとするのだから、周囲もあまり厳しく言えないようだ。

「やあ、アドリアーナ」

「エリオ様」

今日は、王宮での園遊会である。

ロイヤルレッスンの延長なので、招待されているのは若い貴族ばかり。婚約者が決まっている人は、婚約者と連れ立って参加している。

美しい花の咲き乱れる庭園と、南国の植物が育てられている温室が解放され、招待客達は思い思いに連れ立って、散策している。

喉が渇いたら、外に出されているテーブルのところに、冷たい飲み物も温かい飲み物も用意されていた。ナイフやフォークがなくても手で摘まんで食べられる焼き菓子も。

まだ正式な婚約段階ではないものの、エリオの婚約者に内定しているアドリアーナは、彼の同伴者として出席した。

今日選んだドレスは、淡いピンクを基調に、ところどころ濃い目のピンクをあしらったもの。レースも真っ白ではなく、ほんのりとそれとわからないほどに淡いピンクに染められている。

エリオが、アドリアーナに似合いそうだと贈ってくれたドレスなのだが、こんなに可愛らしいものを身に着けることはあまりなかったので落ち着かない。

「ロイヤルレッスンは順調か？」

「そうですね、とても楽しいです。新しい友人もたくさんできました」

エリオとアドリアーナは、白いテーブルと椅子《いす》が用意された場所に席を取っていた。近くに控えている使用人に命じれば、すぐに注文した品を持ってきてくれる。

「早く、君が卒業すればいいのに」

「……それは」

テーブルの上に置いた手に、エリオが手を重ねてくる。指先で誘惑するかのように手の甲を撫《な》でられて身体が震えた。

エリオに刻まれた快感が、そうされるだけでよみがえってくるみたいだ。

——私、どうかしているわ！

公爵家の領地にいた間、何度肌を触れ合わせたことだろう。そうする度に、想いが深くなっていくようで……。

濃厚で濃密な夜の空気を思い出してしまい、わずかに頬を染める。

「俺のこと、忘れてしまった？」

「そんなこと！」

テーブルの上に身を乗り出すようにして悩ましげにささやかれ、椅子の上で飛び上がりそうになる。

「違うんです、エリオ様のことを忘れたわけではなくて……ただ」

王都での生活は、思っていた以上に楽しかった。

領地に引きこもって暮らすことを選択していた過去の自分を、殴りたくなるほど後悔した。もっと、いろいろなことを吸収する時間はあったのに。

エリオが待ってくれているのはわかっているけれど、もう少し、もう少しだけ今の時間を楽しみたいとも思ってしまう。

卒業してしまったら、いやおうなしに権力の絡む世界へと乗り込んでいくことになるのだから。

「今のは意地悪だったな」

「ちょ、エリオ様！」

こちらを誰が見ているかわからないのに、さっとこめかみに口づけてから、エリオは椅子に腰を戻す。その間も、アドリアーナの手はずっと握りしめたまま。

「君にロイヤルレッスンに参加するよう言ったのは俺だしね、我慢できるよ――もう少しだけなら」

「少しだけなんですか？」

「君の部屋に、俺が行くわけにはいかないだろうに」

今アドリアーナが暮らしている部屋は、ロイヤルレッスンの参加者がひとまとまりになって暮らしている建物にある。

父親であっても男性厳禁。エリオが入るなんて許されるはずもない。

――今のは。

アドリアーナに、エリオを訪ねてこいという誘いなのだろうか。彼が望むのなら、そうしてもいいと思うけれど。

婚儀より前に子供を授かってしまったらどうしようと少し心配だけれど、この国は婚約者同士の肉体関係については比較的寛容だ。

結婚に準じる扱いであることから、逆に婚約さえ整っていれば、婚前交渉を推奨する家もあるほど。

「――殿下、こんなところにいらしたんですか?」

なのに、突如かけられた甘ったるい声。

――ラウラさんってば、私のことが見えてないのかしら……?

ラウラは、アドリアーナは完全に無視して、エリオにだけ声をかけてきた。

身分の低い者から高い者に声をかけるのは問題ないが、婚約者と言われている二人でいるところに割り込んでくるのはマナー違反以前の問題である。

「ラウラさん、どうかなさったの?」

しかたがないので、アドリアーナの方から声をかける。さすがに声をかければ、アドリアーナの存在を無視するわけにはいかないと思って。

けれど、ラウラの面《つら》の皮は厚かった。アドリアーナの存在は、完璧に無視すると決めているかのように。

「殿下、私、殿下とお話したいことがあるんです……お時間をいただけませんか?」

「俺はない」

エリオが、ラウラの誘いを即座に断ったので、アドリアーナはほっとした。

――もしかしたらって、どこかで思ってたのかしら。

エリオを信じていないわけではない。

でも、心の奥の恐怖を消すことはできなかった。もしかして、主人公《ヒロイン》に会ったらエリオも相手《ラウラ》を好きになってしまうのではないかと。

――だって、私は。

ラウラをいじめ、それをきっかけに貴族社会から追放される立場だった。

そうならないよう今まで努力を重ねてきたつもりだったけれど、もしかしたらその努力は無駄《むだ》になるかもしれないという不安は、いつだって抱えていた。

「聞こえなかったか？　君は――」

「ラウラ。ラウラ・クライヒです。殿下」

ラウラの顔を知らなった様子のエリオだが、名前を聞けばすぐに思い当たるところがあったらしい。さすがである。

「ラウラ・クライヒ嬢。俺は、今、久しぶりに会えた婚約者との時間を楽しんでいるところなんだ。下がってもらおうか」

「え……婚約者……？」

思いがけないことに、婚約者という言葉を聞いたラウラは顔を歪《ゆが》ませた。

ロイヤルレッスンに参加している者達の間では、暗黙の了解のはずだったのだが。まさか、知らなかったというのだろうか。

「き、聞いてません、そんなのっ！　だって、アドリアーナさんも何も言ってなかった！」

「ラウラさん。あえて吹聴するほどのことでもないから、言わなかったの。ロイヤルレッスンを終えたら、殿下との婚約は正式発表されることになっているわ」

いきり立っているラウラをなんとかなだめようとしながら、アドリアーナは口を開く。

嘘《うそ》、とラウラはまたつぶやいた。こんなところで嘘をついても、なんにもならないだろうに。

「だって、婚約はまだ決まっていなくて、殿下は、アドリアーナさんのことを別に好きなわけじゃなくて」

両手を胸の前で組み合わせたまま、ラウラはもごもごと口の中でつぶやいていた。エリオの耳には、内容までは届いていないのが幸いだ。

「そこまで。殿下は下がるようにとおっしゃったでしょう？　遠慮してくださる？」

――このままでは、エリオ様の不興を買ってしまうもの。

ラウラ個人に特別な思いがあるわけではないが、この場でエリオを怒らせてしまったら、どんなことになるかわからない。

「……失礼しますっ！」

ようやくアドリアーナの言葉が耳に届いたのか、ラウラはくるりと向きを変えて立ち去った。立ち去る足音は荒く、後ろ姿に憤《いきどお》りが現れている。

――でも、彼女……気になることを言っていた。

エリオはアドリアーナに好意があるわけではなく、婚約はまだ決まっていない。

それは、ゲームの設定だった。

ゲームの設定では、アドリアーナは婚約者候補ではあっても、内定はしていない。

なんとかロイヤルレッスンの期間中にエリオの正式な婚約者になろうとあがいていて、最終目標は『ファーレンティアの花嫁』だった。

『ファーレンティアの花嫁』になれれば、エリオと結婚できると思い込んでいた。

――まさかね。

不意に気づく。

だって、アドリアーナが転生してきているのだ。ラウラが転生していないとどうして言えるだろう。

前世でも、同じようなパターンの物語は、いくつも存在していたではないか。主人公も悪役令嬢も同じ世界に転生する物語。

「アドリアーナ、どうした？」

深く考え込んでいて、すっかりエリオのことは忘れ去っていたらしい。これでは、婚約者失格である。

「なんでもありません。ラウラさんは、悪い人ではないのですが、まだ高位貴族の世界には馴染めていないようで」

「男爵家から伯爵家に養女に入ったんだったな——なんであれで、ロイヤルレッスンに参加できたんだ？」

本当に、と思ったけれどアドリアーナはそれを口にできる立場ではなかった。

講師の前ではそれなりにきちんと振る舞えているから、講師達も厳しいことは言えないのだろう。

「エリオ様、お茶が冷めてしまいましたね。新しいのをもらいますか？」

「いや、これでいい。飲み終わったら、少し歩こうか。俺の友人にも紹介したいし」

「では、私の友人ともお話をしてくださいます？　相手が決まっていない人もたくさんいるんです。エリオ様のご友人で、まだ縁のない方をご紹介いただけたら」

胸の奥では、不安がちりちりとしている。

けれど、それを表情に出さないようにアドリアーナは微笑んだ。


アドリアーナが講義を受けている間、ニコレッタは公爵家へアドリアーナの使いに行ったり、出版社に原稿を届けたりと忙しくしている。

ニコレッタと同じように、それぞれの令嬢に連れられて王宮に来ているメイド達も、忙しい。主《あるじ》の代わりに、どんなサロンが開かれるのか、誰が参加するのか把握しておく必要があるからだ。主が参加を希望するサロンの招待状が届かなければ、どうにかして参加できるよう手配する必要もある。

アドリアーナのところには、ほぼ確実に招待状が来るので、ニコレッタには新作のタイピングなどを頼んでいた。

そのついでに、というわけでもないのだが、ラウラのことについて調べてもらった。新作執筆はいったんお休みにして、ニコレッタの報告を聞くことにする。

「講義には同行できませんから、お嬢様と一緒にいる時のラウラ嬢がどのような様子なのかはわかりませんが」

「天真爛漫と言えば聞こえはいいけれど……私が見る限りでは、基本的な教育ができていないという感じかしら」

一点、気になることがあるとすれば、アドリアーナ達に対する時と、講師達に対する時で彼女の態度が違うことだろうか。

――講義中は、わりとしっかりしているような気がするのよね……。

「私の聞いた噂《うわさ》とは違いますね。推薦人の家で働く者に聞きましたが、何も問題なかったようです」

「そうでなければ、参加が許されるはずないでしょうしね」

エリオといるところに割り込んできたところからすると、問題を起こしてもおかしくないと思うのだが、講義中はむしろきびきびとしているようにも見える。

講師の前と、同じ参加者の前で態度が変わるということだろうか。

——講義中とそれ以外では、態度がまるきり違うというのも、変な話よね。

あの間延びした独特の話し方。ゲームの彼女は、あんな話し方はしなかった。

それに、エリオと話す時は、彼が自分を拒《こば》むはずはないとでもいうように自信を持っていた。

——やっぱり。ゲームが始まっているのかしら……エリオ様は、彼女に興味はないみたいだけれど。

でも、それは今だけの話。ゲームが進んでしまったら、エリオの気持ちも変化するかもしれない。

「エリオ様にお目にかかりたいの。支度をしてくれる?」

今までアドリアーナの方から、エリオのところに押しかけたことはないけれど、不安ばかりがどんどん大きくなってくる。

このまま、一人でいるのには耐えられそうになかった。

——少し、少し顔を見れば落ち着くはず。

エリオに会いたい。ただ、それだけだ。

大急ぎで王太子との面会にふさわしいドレスに着替えるのと同時に、エリオのところへ使いを走らせた。

「アドリアーナの方から来てくれるのは珍しいな」

「……我慢できなくなりました」

あの茶会の日から、十日ほどが過ぎている。

その間、エリオと顔を合わせることはなかった。アドリアーナはアドリアーナで忙しいし、エリオもエリオで、王太子としてやらねばならないことがたくさんある。

エリオはアドリアーナのいる場所には来られないから、会いたければアドリアーナの方から来るしかないわけだ。

「我慢？」

「しばらく、エリオ様の顔を見ていなかったんだもの」

口にしてから嫌だな、と思った。

なんだこの甘ったれた口調は。まるで幼い子供みたいだ。

不安と、エリオに対する感情が漏《も》れている甘さと。それがないまぜになって、甘えとなって口から溢《あふ》れる。

「珍しいな。アドリアーナがそう言うのは」

「お忙しいようでしたら、出直してきます」

ここに来てしまったのは、失敗だった。

いくら不安になったからって、エリオのところに押しかけてくるとはどうかしている。

「待て、せっかく会いに来てくれたんだから、急いで帰る必要はないだろ？」

慌てて踵《きびす》を返そうとしたら、腰にエリオの腕が巻きつけられた。すぐそこにあるエリオの体温。その温かさに、一瞬、寄りかかりそうになる。

「そんな顔をしているのに、黙って帰すわけにはいかないな。いいから、入れ」

「……失礼します」

婚約者になったのだから、エリオの私室まで会いに来ることは許されていたけれど、実際訪問したのは初めてだった。

――どうかしているわ。

こんなところまで、急に押しかけてしまうなんて。

初めて入ったエリオの部屋は、品のいい家具が揃えられていた。

部屋まで仕事を持ち帰っていたのだろうか。部屋の中央に置かれているテーブルには、何枚もの書類が広げられている。

それを見たら、急におじけづいてしまった。

「やっぱり、戻り――」

「だから、それはなしって言ってるだろうに」

逃げ出そうとしても、先ほどから腰にエリオの手が巻きついているのだから、逃げられるはずもない。

あっという間にアドリアーナをソファに押し付けたエリオは、テーブルの上に置かれていた書類を片手で押しやった。

「でも、お仕事の邪魔をしてしまったみたいで」

「アドリアーナになら、どれだけ邪魔されてもかまわない。それに、急ぎのものはないんだ」

「急ぎではないのに、部屋まで持ち帰ってきたのですか？」

それが本当なら、明日に回せばいいのに。

――エリオ様のお仕事がどれだけ大変なのか、私も本当のところはわからないけれど。

まだ王太子という立場ではあるが、エリオは政務の何割かをすでに国王から引き継いでいる。それは、いつ即位することになってもスムーズに引き継げるようにという配慮でもあった。

「後回しにしてしまうと、気になるからな。だが、君が会いに来てくれたのなら、後回しにしてもかまわない。いや、後回しにするべきだ」

「後回しにするべきって……」

くすりと笑いが漏れる。その一言だけで、安心してしまうのだから単純なものだ。

アドリアーナを押し付けたソファに、エリオも腰を下ろす。こんな近くで話をするのは、久しぶりのような気がした。

「何があったんだ？」

「なんのことですか？」

「君はそうやって、自分の気持ちを隠そうとするからな」

エリオが不満顔になる。その不満顔が嬉しいと言ったら、彼はどんな反応をするのだろう。

「会えないと……不安になるんです。お忙しいのはわかっています。私も、やらなければならないことがたくさんあります。でも、不安になってしまって」

公爵領でエリオと暮らしていた頃。毎晩のように彼の腕に包まれて休んだ。だからだろうか。

こうやって王宮に滞在するようになって、別々の部屋で休んでいると、ベッドが広く感じられてならない。ただ、そこにエリオの息遣いを感じるだけで、どれだけ安堵していたのか、ここに来てから思い知らされた。

「そうだな、でも、あともう少しだろう？」

「頑張ります、それは」

あと少しになるかどうかは、アドリアーナの努力次第。

エリオの側《そば》にいるだけで、こんなにも気が楽になる。

「アドリアーナにならできるさ」

エリオの期待は裏切れない――と、いつの間にかエリオの腕の中に閉じ込められている。胸に顔を押し付けられて、彼の鼓動を一番近いところで意識させられる。

――ドキドキしてる。

アドリアーナの鼓動も速まっているけれど、エリオの心臓も同じぐらい忙《せわ》しなく動いている。

彼も、こうやって過ごす時間にドキドキしてくれていると知ったら、急に身体の中で何かが動いたような気がした。

――やだ、私ってば……。

これは、まぎれもない欲情。

エリオの声を聞いて、エリオの腕に包まれて。首筋に彼の吐息《といき》を感じるだけで、身体の奥が欲望を訴え始めている。

「あ、の……私、もう、戻らなくては」

夜になって押しかけてきて、発情しているなんてどうかしている。

エリオを押しやろうとしたけれど、その手は彼の片手でやすやすとまとめられてしまった。

「戻る？」

アドリアーナの両手をまとめて逃げられないようにしておいて、エリオは首を傾《かし》げる。

「どこに戻るんだ？」

「え？　それは、もちろん――んんんっ」

自分の部屋に、と続くはずがそこで途切れてしまった。エリオの口づけはいつになく荒々しくて、あっという間に口内に舌が押し込まれる。

「ふっ……んぅ……あっ、あっ！」

慣れた動きで口内をかき回されれば、簡単に息が上がる。舌の先で上顎の裏をつつかれ、腰のあたりがざわめく。

くすぐったいような焦燥感。身体の中心に、あっという間に熱が生じる。

「エリオ様……ん……な、ぜ……」

「俺の部屋まで来ておいて、逃げられるはずなんてないだろうに」

「ん、ぅ」

笑い交じりの彼の声。

唇を重ねられ、息ができなくなるほど中を貪《むさぼ》られる。

濡《ぬ》れた舌にぐちゅぐちゅと口内を蹂躙《じゅうりん》される音が、頭の中まで響いてくるみたいだった。

キスしながら、ソファに横たえられた。

あっという間に息は上がり、身体がぐずぐずに蕩《とろ》けてくる。片手でまとめて捕らえられていた手が解放されても、もうエリオを押しやることはできなかった。

「ねえ、アドリアーナ。君は俺が好きなんだろう？」

ソファの座面に横たえられた身体は、片方の足は床の上、もう片方は背もたれに押し付けられ、間にエリオの身体が割り込んでいる。

スカートは半分捲れてしまっていて、立てた膝が見えていた。のしかかるようにしたエリオの指が、首筋を下から上へと撫《な》で上げる。

好き、と言われても返事をすることはできなかった。今、ここで言葉を発してしまったら、はしたない嬌声を響かせてしまいそうで。

エリオの言葉を否定したくなくて、ただ、首を縦に振る。

胸の奥がじんじんとして、泣きたいような気分に陥《おちい》ってきた。

――どうして、こんなことになっているのかしら。

自分でも、感情の整理ができない。こんなの、どうかしている。

ラウラのことで急に不安になって、エリオのところまで押しかけてきてしまった。なんで、こんなに情緒不安定なのだろう。いつもは、こんなことないのに。

「返事はできない？」

「あぁっ！」

声に出さずにうなずいたけれど、それでは返事として受け止めてはもらえなかったようだ。不満の声と同時に、胸の頂《いただき》が的確に捻《ひね》られたから。

とたん、甘ったるい声と共に背筋をしならせてしまう。

下腹部の奥が、切なくきゅんと疼《うず》く。エリオの与える快楽に、すっかり馴染んでしまったのを自覚する。

「アドリアーナ、俺は君に優しくしたいんだ。俺のことが好きなんだろう？」

「す……好き、です……あ、ぁっ！」

すっかり硬くなった胸の先が、エリオの口内に含まれる。

快楽に泣き濡れた声で返事をすれば、乳首を前歯の裏と舌の間に挟まれて、さらなる刺激を与えられた。

頂は限界まで立ち上がり、胸先から送り込まれる淫《みだ》らな熱が、腰の奥にまで流れ落ちてくる。

「あーっ、あっ……あぁ！」

ソファの座面で身体がくねる。

心もとなく腰の周りを覆《おお》っていた薄布が剝《は》がされ、すべてがエリオの目の前にさらされる。

「こんなに濡れてるんだから、俺のことが好きに違いない」

「そ、そんなことを言うから……！」

エリオの視線が、どこに向いているのかわかるから。わかるからこそ、腰が自然と揺らいでしまう。それこそ、エリオを誘っているかのように。

そして、エリオはその誘いを見逃したりしなかった。

内腿を、滑らかな手つきでエリオの手が滑る。それだけで、背筋に甘い痺《しび》れが走る。

こんなに、はしたなくして嫌われてしまわないだろうか。

思わせぶりに脚の付け根を指先が往復すれば、その先の快感を期待する吐息が零れ落ちた。

「……かわいそうに。こんなに物欲しそうに濡らしているのに」

焦《じ》らしているのは、エリオのくせに、あえてわざわざ言葉にする。そうされると、聴覚からも犯されているような気になって、身の内に起こされた欲望がますます大きく膨れ上がる。

「指……指、入れ……」

手で顔を覆い、小さな声でねだる。見られているだけでは、物足りない。エリオの指で触れてほしい。

「指でいいんだ？　欲がないな」

すっかり濡らされたその場所は、エリオの指を難なく受け入れる。

二本まとめて突き入れられ、あますところなく内側を擦られれば、ちゅくちゅくと卑猥《ひわい》な音がし始める。

そして、エリオの言葉が意味するところを、すぐに思い知らされることになった。

「あっ……あ、あぁっ！」

どこをどう刺激すればアドリアーナを追い詰めることができるのか、エリオは知り尽くしている。

一番感じる場所を立て続けに抉《えぐ》られ、腰が勝手に浮き上がる。

指じゃ足りない。

もっと奥まで、もっと深く、満たしてほしい。

だから、指でいいのかと問われたのだと、快感に支配されている頭の奥の方で考える。

「んんっ……は、あっ、あぁぁっ！」

指で内側をかき回されるだけではない。膨れ上がった淫芽に舌が触れる。

とたん、加わった新たな刺激に、アドリアーナは甲高い声を上げて悶《もだ》えた。

内側と外側。感じる場所を同時に嬲《なぶ》られれば、感覚が快楽一色に染め上げられるまであっという間。

「あっ……私、私、あっ、あぁっ！」

「このまま、イッてしまえばいい。指が欲しかったんだろう？」

違う、と声にならない声で訴える。あの時は、指しか思い浮かばなかった。

だけど、本当に欲しいのは。

「あ、あんっ、もぅ、だめっ！」

淫芽を舌でぐちゅぐちゅと舐《ねぶ》られると、つま先までぴんと伸ばしてしまう。身体が、絶頂へと一気に走り始めた。

指の動きも、舌の動きも激しさを増し、目もくらむような恍惚《こうこつ》に身を投げ出す。

「んっ……あ、あぁ……」

片方の足は床に投げ出され、忙《せわ》しない呼吸を繰り返す。

「さて、と」

わざとらしい口調でそうつぶやいたエリオは、アドリアーナから身を離した。

「や、待って……」

アドリアーナは手を伸ばす。それが、彼の誘いであることは十分にわかっていたのに。

「欲しいの。エリオ様が、欲しいの」

懸命に訴えかける口調は舌足らずなもの。力の入らない手を無理やり持ち上げ身を起こす。彼の身体に抱き着いたら、くすりと笑う声がした。

「君は本当に可愛いなあ――俺が、君のことをどれほど好きなのか、そんなに知りたいのか」

エリオの言葉は真実だったから、何も返すことができなかった。

不安になって、ここに来た。エリオの体温を身近で感じることができたら、嫌な感覚を押し流すことができるのではないかという気がして。

何か言わなくてはと焦《あせ》るのに、上手に言葉が出てこない——と、エリオはひょいとアドリアーナの身体を持ち上げた。

軽々と持ち上げられ、すぐに下ろされたのは、傍《かたわ》らにあるローテーブルの上。

上半身を折り曲げるようにして、エリオはテーブルに背中を預けたアドリアーナの顔をのぞき込んでくる。

「ソファだと、俺が思うように動けないから」

笑い交じりに告げられた言葉に、我知らず喉が鳴る。

この人は、本当にアドリアーナのことを知り尽くしている。テーブルに横たえられた今、どんな気分になっているのかさえも。

「エリオ様……私」

とくとくと、胸の奥から込み上げてくるのは、なんとも言いがたい感情。

いつの間に、彼にこんなに惹《ひ》かれていたのだろう。

アドリアーナの逃げ道を完全に塞《ふさ》いで、婚約まで持ち込んだ時みたいに、完全に彼の中に閉じ込めてほしい。

「俺もそんなに自制心がある方ではないし——特に、アドリアーナに関しては。だから、今日は覚悟して」

「……はい、エリオ様」

素直にうなずく。エリオになら、何をされてもかまわない。

目を閉じ、深く息をついて、その時を待つ。

耳に届くのは、エリオが自分の衣服を緩める音。テーブルの上に広げられたスカートを、頼りなく握りしめる。

「ん──あっ、あぁぁっ！」

指だけで十分慣らしたと判断したのだろう。エリオはいきなり突き入れてきた。

熱く脈動する肉杭が、蜜洞をみっちりと埋め尽くしている。そのまま最奥を刺激されたら、腰の奥が焼けるような快感に見舞われる。

「はっ……ん……あっ、あ、あぁっ！」

両膝がきつく折り曲げられた。その姿勢のまま、快感に震える蜜壺を抉られると、媚壁はくわえ込んだ肉杭を締め付け、淫らに蠢動《ぜんどう》する。

「エリオ様……、私、あ、あなた、が──！」

エリオが好きだ。

この世界に絶望し、逃げることしか考えていなかったアドリアーナを表に連れ出してくれた。

彼がいなかったら、きっとアドリアーナの人生はもっと違うものになっていた。

逞《たくま》しい肉棒を奥の奥まで招こうとしているように、腰を浮き上がらせる。肉のぶつかり合う音が、忘れたと思っていた羞恥心《しゅうちしん》を煽《あお》る。

「あっ――あ、あぁっ！」

自制が効かないという言葉のとおり、エリオは獰猛《どうもう》で。奥を激しく抉ったかと思えば、乱暴に先端近くまで一気に引き抜く。

悩ましい声は、淫欲に溺《おぼ》れていることを如実に告げ、エリオの情欲をますます駆り立てるようだった。

「アドリアーナ、悪い、今日は長く持ちそうもない」

両膝が胸につきそうなほど深く身体を折り曲げられ、最奥の弱いところが休む間もなく抉られる。

「いいっ、いい、の……あ、あぁっ――！」

恍惚の声と共に、愉悦が腰の中心から吹き上げる。視界が白く点滅し、身体全体が熱に支配される。

「俺も……アドリアーナ、好きだ」

勢いよく出された白い飛沫が、身体の奥を濡らしたのを意識の奥で感じ取った。

◇　◇　◇

このところ、アドリアーナの様子がおかしい。

エリオは敏感にそれを感じ取っていた。

今までも、エリオの向こう側《がわ》に何か別のものを見ているような顔をすることがあるのは気づいていた。だが、深く追求しない方がいいだろうと、これまで深く追求せずに来てしまった。

――今夜は遅くなると使いを出しておかなくてはな。

アドリアーナが戻らなかったら、ニコレッタは心配するだろう。真夜中近くなってしまうかもしれないが、目を覚ましたらきちんと送り届けるつもりだ。

少し、意地悪がすぎただろうか。

シーツの上に艶《つや》やかな金髪を投げ出して、深い眠りに落ちているアドリアーナの頬に触れてみる。

テーブルの上で性急に交わったのち、寝室に連れてきた。そこでもう一度肌を重ね、疲れたのかアドリアーナは眠りに落ちている。

ヴァルガス公爵領で久しぶりに顔を合わせたあの日、あまりにも顔色が悪いのに驚いたことを思い出した。

昼夜逆転した不規則な生活が原因だと知った時には、まずは生活習慣の修正から始めるべきだと強く思った。

公爵令嬢として、学ぶべきことをきちんと学び続けながら仕事をするというのは、たしかに大変だっただろう。

なぜ、そこまで必死になるのかは今でもわからないけれど。

もう何年かあんな生活をしていたら、本当に身体を壊していたかもしれない。

今は健康そうな薔薇《ばら》色になった頬にもう一度触れて安堵する。

先ほど、部屋を訪れたアドリアーナの様子はおかしかった。

――何がそんなに気になっているんだろうな。

急ぎの仕事がないことは、ニコレッタに確認済み。

アドリアーナ抜きでニコレッタとやり取りしていることを、アドリアーナは知らないはずだ。

だが、ニコレッタもアドリアーナのことを気にかけているようで、エリオと共同戦線を張れるのを喜んでくれている。ニコレッタを味方にできてよかった。

――俺もニコレッタも見られない場所で何かあった、とかか？

となると、ロイヤルレッスンでの出来事だろうか。

講師からの評判はいいし、参加している令嬢に聞いてみたところ、アドリアーナに敵対する者はいないという。

エリオとの婚約が必要以上の重圧になっているのでなければいいのだが。

――何も、心配する必要はないのに。

ロイヤルレッスン内のことをもう少し調べてみることにしよう。

ようやく向けてもらえるようになった微笑みを曇らせる原因は、すべて排除しておかなければ。

第七章　私は悪役令嬢ではありません

「あら？」

友人達と一緒に、次の講義の部屋へと歩いていたアドリアーナは足を止めた。

窓の向こう側《がわ》にラウラが見える。男性と話をしているところのようだが。

──あの方は、たしか。

赤い髪の青年は、騎士団長のアレクだ。

アレクはゲームの攻略対象者の一人で、ラウラに向かって蕩《とろ》けそうな笑みを向けている。

彼らが話している内容までは聞こえなかったけれど、和気あいあいとした雰囲気《ふんいき》が、アドリアーナのいる廊下まで伝わってくる。

「もしかして、あの二人……」

「言われてみれば、いい雰囲気にも見えるわね」

友人達が、二人の様子をそう評した。

ここは王宮の一画。

令嬢達が生活する場は男性厳禁。講義に使われている建物も茶会などが開かれる時以外立ち入り厳禁だが、庭園までは入ることができる。

王宮に集まる若い女性と、若い貴族の男性の間に、『何気なく自然な出会い』を期待してのこと。

場所が場所なだけに、使用人の目が何気なく、そして確実に光っていて、礼儀を守らない行動をとった男性はすぐに立ち入り禁止になるという噂《うわさ》だ。

それを二人ともわかっているだろうに、やけに距離が近い。互いの身体に触れてしまいそうなほどだ。

——アレク狙いなら、それはそれでいいのだけれど。

今のラウラは伯爵家の娘だから、身分的にも釣《つ》り合っている。先日感じた嫌な予感は、今の光景で少し薄れたような気もする。

ラウラが幸せなら、それでいいのだ。アドリアーナの幸せを壊すような真似《まね》をしなければ、それでいい。

——大丈夫、何もないもの。

自分にそう言い聞かせるが、それがあまりにも甘かったことを、アドリアーナは痛感させられることになった。

それから二日後。別の友人達と散歩をしていたら、池のところに茫然と佇《たたず》むラウラに出会った。

彼女の側《そば》にいるのは、宰相の息子ファビアンだ。将来の宰相候補でもあり、勉学に優れていて将来有望な青年。そして、攻略対象者の一人でもある。

「ラウラさん、どうかなさったの？」

「アドリアーナさん、それが……」

困っているようなら助けようと声をかけたのだが、ラウラは何も言えない様子だった。

「何があったのですか？」

しかたがないので、ファビアンに向かって問いかける。

青いカラフルな髪の色にはいつまでたっても慣れないけれど、彼もまた、整った容姿の持ち主である。

「それが、ラウラ嬢のノートが行方不明になったそうです」

「うぇ……ううぅ、ごほっ」

妙な声が出そうになり、慌てて咳に紛らわせた。

――これ、よくあるパターンでは！

悪役令嬢が出てくる創作物において、主人公のノートや教科書が行方不明になるなんて、何度も見かけたことがあった。

手にした扇《おうぎ》で口元を覆《おお》い、ごまかそうとしながらアドリアーナは考えた。

――そういう創作物って、主人公が「断罪を受ける側」ではなかったかしら。

たいていの場合、主人公の持ち物が紛失したというのは主人公の自作自演。まれに、「悪役令嬢は手を出していないものの、彼女の取り巻きが勝手にやったケース」というものもないわけではないが。

「失礼いたしましたわ。喉を少し痛めてしまっているようで……それで、ラウラさん。ノートはどこで紛失したのでしょう？」

「わかりません」

「それに、教科書も紛失しているようです――状況からすると、誰かに持っていかれたのではないかと」

首を振るラウラに対し、横からファビアンが口を挟む。

――この二人、どういう関係なのかしら。

先日は、ラウラが騎士団長の息子であるアレクと二人でいるところを見かけた。

ここで異性と二人でいるということは、将来を誓い合う仲であるとアピールしているようなもの。アレクが知ったら、いい気はしないのではないだろうか。

「それは困りましたわね。私でお手伝いできるかしら……？」

アレクのことは、ラウラが解決すべき問題なので、アドリアーナは口は挟まないことに決める。

「ノートが行方不明ではお困りでしょう。どの講義のノートかしら。私が受けている講義なら、私のノートを貸してあげられます。私が受けていなくても、貸してくれる人を探すお手伝いはできると思いますけれど」

幸いにも、アドリアーナのノートは綺麗《きれい》にまとめてある。

友人達にも貸したら、好評だった。友人の数も増えたから、アドリアーナがとっていない講義でも、ノートを貸してくれる人は見つけられそうだ。

「そ、それは……」

急にラウラはもじもじとし始めてしまった。急に態度を変化させた理由がわからなくて、アドリアーナは首を傾《かし》げる。

「遠慮なさらないで？」

「だ、大丈夫です……友達に借りますから」

ラウラも、まだロイヤルレッスンには参加し始めたばかりだから、友人の数は少ないだろうに、大丈夫だろうか。

心配にはなったけれど、本人がそう言うのなら、無理に勧める必要もない。

「もし、お友達のノートが借りられなかったら、遠慮なく声をかけてくださいね」

「し、失礼しますっ」

アドリアーナの方にぺこりと頭を下げ、ラウラは慌てた様子で歩き始めた。一緒にいたファビアンも、急なラウラの態度の変化に首を傾げている。

「ラウラ嬢、どうかしたのかな……アドリアーナ嬢、失礼します」

「ええ、お気をつけて」

ファビアンは、ラウラのあとを追いかけていった。

――私に借りるのでは、問題があるのかしら？

アドリアーナの申し出を受け入れれば楽だったのに、わざわざ他の人に借りようというのが少し引っかかる。

けれど、その引っかかりを、アドリアーナはすぐに忘れてしまった。


そして、二度あることは三度ある。よく聞く言葉だが、それもまた事実だった。

今日は、とある伯爵家で開かれているサロンに参加しているところだった。

エリオは出席できないというので、アドリアーナは友人達と参加していた。

招かれた広間の前方では、演奏家達が、美しい音楽を奏でている。室内のあちこちに居心地のいい椅子《いす》が置かれ、皆、自分の好きな席を選んで音楽に耳を傾《かたむ》けていた。

音楽が終わったあとは、自由に歓談できるようになっている。これもまた、ロイヤルレッスンでの教育の一環だ。

——あの方、何を考えているのかしら？

アドリアーナの視線の先にいるのは、ラウラである。

彼女が参加するのは知っていたが、隣国からの留学で訪れているクラウスと一緒に座っていた。

彼もまた、ゲームの攻略対象者だ。どうやら、今度はクラウスに手を伸ばしたらしい。

——たしか、留学でいらしているという話だったけれど、隣国の王子殿下でもあるのよね。

クラウスはこの国の大学に留学しているのだが、留学の経緯は少々複雑である。隣国の国王の息子なのだが、現王妃の子ではない。

亡くなった前王妃の息子であり、クラウスを目障りだと思っていた現在の王妃により、この国へ留学させられたのである。

クラウスの母親は故人であること、父国王は現王妃に頭が上がらないことから、留学は強引に決められたらしい。

王子である地位を追われ、大学に通いながらサロンに参加していたクラウスの心を癒やすのがゲーム主人公《ヒロイン》ラウラというわけだ。

——アレク、ファビアン、そしてクラウス。まるで、ゲームの世界を再現しようとしているみたい。となると、次は、お兄様の番なのでは……？

長兄のユーベルもまた、攻略対象者。婚約者がいるのにそれを放置して、他の女性の側に侍《はべ》るようなことになれば、公爵家の跡取りとして情けない。

義姉予定の令嬢は、アドリアーナの昔からの友人でもある。

侯爵家の令嬢ではあるが、偉ぶったところなどまったくなく、彼女が兄に嫁いでくれたらどれだけ安心できるのだろうと思えるような素敵《すてき》な女性だ。

アドリアーナは王宮の部屋で過ごしているから、兄とこのところ話をする機会はなかった。兄と近況報告を交わすと言えば誰にも文句は言えない。

たしか、今日はユーベルも参加していたはずだ。ぐるりと見回せば、ユーベルが婚約者と隣同士の席に座っているのが見えた。

——お兄様には、一言言っておこう。

そう決め、改めて演奏に耳を傾ける。けれど、ラウラのことがどうしても気になってしまい、前のように集中することはできなかった。

演奏が終わるなり、アドリアーナは立ち上がった。他の人より先にユーベルと話をしなければ。

ラウラが攻略対象者の三人目に手を伸ばしているのを見てしまったからか、どうしても、一言言わなければいけないような気がしてしまった。

「お兄様、少しよろしい？」

「ああ、アドリアーナか。どうした」
声をかけると、ユーベルは優しい目になった。婚約者と顔を合わせ、微笑み合ってから
もう一度アドリアーナの方に目を向ける。
――心配しすぎだった？
ユーベルも他の攻略者達みたいに、ラウラに取り込まれるのではないかと不安を覚えて
声をかけたけれど、婚約者との仲睦まじい様子を見れば杞憂だったかもしれない。
「家の方はどうかと思いまして。お兄様も、私が王宮でどう過ごしているかお聞きになり
たいのではなくて？」
ユーベルと婚約者が再び微笑み合った時――場違いに明るい声が響いた。
「アドリアーナさん、ここにいらしたんですね！　一緒にお話をしませんか？」
声をかけてきたのはラウラである。アドリアーナは顔を引きつらせた。
――ここで、割って入るなんて、タイミングが悪すぎよ……！
兄と妹が話をしているのである。普通の神経の持ち主ならば、割って入ろうとするはず
はない。
兄も、彼の婚約者も、あまりにもぶしつけなラウラの乱入に、返す言葉を失ったようだ
った。
ユーベルが口を開こうとするのを制して、アドリアーナはラウラの方に向き直った。杞

憂だろうがなんだろうが、兄とラウラに話をしてほしくなかった。

「ごめんなさい、ラウラさん。公爵家の内輪のお話なの。次、いつ兄に会えるかわかりませんし、今は遠慮していただけるかしら」

そう言えば、ラウラはわかりやすくむくれた顔になった。

今まで受けてきた教育は、どこにいってしまったのだろう。貴族としての教育以前の問題なのに。

「私、アドリアーナさんとお話がしたかったのに」

何を話すつもりだったのだろう。ラウラとアドリアーナの間には、共通の話題なんてないように思えるのだが。

「クラウス様がお困りのようですよ。戻った方がよろしいのではないかしら」

促してやれば、クラウスの方にパタパタと戻っていく。クラウスに甘えるように寄り添っている姿は、どこからどう見ても、蜜月の雰囲気だ。

「お兄様、あちらでお話をできるかしら?」

できることなら、ユーベルの婚約者にはこれから先の話は聞かせたくなかった。秘密なんてないだろうに、と兄は怪訝《けげん》な顔になる。

「どうぞ、ユーベル様行ってらして。私、ここでお待ちしていますから。アドリアーナ、時間があったらあとでお話ししましょう」

そっとユーベルの手を離し、アドリアーナの方に行くよう促してくれる兄の婚約者。話に割り込んでくるラウラを見た直後だけに、彼女はまるで天使のように見えた。

「なんだよ、アドリアーナ。わざわざ離れることはないだろ？」

ユーベルを人から離れたところに連れ出したら、彼は露骨《ろこつ》に不満な顔になった。

——婚約者と離れたのがそんなに嫌だったのね。

ならばまだ、間に合うかもしれない。

「お兄様、ラウラ・クライヒ嬢には注意なさって」

あたりに聞こえないよう、ひそひそとささやく。兄は訝《いぶか》しげに眉をひそめた。

今しがた顔を合わせたばかりの彼女の名前が、ここで出てくるとは思っていなかったのだろう。

「注意ってどういうことだ？」

「私は、お兄様ではなく、ラウラさんを心配しているんです」

「ラウラ嬢を？」

「ええ……先ほどの様子、お兄様もご覧になったでしょうに」

兄と話をしようとしていたところに割り込んできたラウラの様子を思い出したのか、ユーベルは一つうなずく。

「あの方、男性の知り合いが多いんですの。伯爵家を継ぐのですから、よい縁談を求めるのは当然のことでしょうけれど」

「まあ、そうだな」

「ですが、あの方……縁を繋《つな》ごうとしている男性に、決まった方がいらっしゃるというのを認識していないようなのです」

――お兄様を刺激しないように、刺激しないように。

言葉を選びながら、アドリアーナは続けた。

「お兄様はすでに婚約が調っていますし……ラウラさんも、『人の婚約者を奪おうとする悪女』という噂が立っては困るでしょう？」

――お願い、どうかこれでわかって。

心の中で祈った。いつもの兄なら、こんなに察しが悪いはずはない。

「……そうだな」

けれど、アドリアーナの祈りは、天には届かないようだった。

「別に、話をするくらいいいんじゃないか？」

「は？」

あまりな言い草に、貴族令嬢らしからぬ声が出た。だが、兄はアドリアーナのそんな様子にも気づいていないように口早に続けた。

「ラウラ嬢に親切にする男性が多いのを妬《ねた》んでいる令嬢がいるという話は俺も聞いている。

ロイヤルレッスンでいじめに遭っているともな」

「お兄様……」

「俺に注意するのもいいんだが、ロイヤルレッスンでそんな事態が発生しているのを気にした方がいいんじゃないか？　お前なら、他の令嬢達を止めることもできるだろうに。あ、俺はもう戻るぞ」

「ちょっと！」

いきなり身を翻《ひるがえ》した兄は、アドリアーナが引き留めるのも聞かず、急ぎ足に去ってしまう。

――どういうことよ、これは……！

忠告するだけ無駄《むだ》だったかも。それにしても、ロイヤルレッスンでいじめが発生しているなんて話、どこで聞いたのだろう。

――婚約者の方を大切にしているのなら、それでよしとすべきかしら。

ユーベルが何を考えているのか、理解できなかった。

長い間、王都と領地で離れて暮らしていた。アドリアーナは王都には行かなかったから兄と顔を合わせるのは、兄が領地に戻ってきた時ぐらい。

今回、久しぶりにアドリアーナも領地を離れたけれど、実家に滞在する間もなく王宮へと移動した。そういう意味では、兄との接点は少ないかもしれない。

らね。

――私の忠告を、心のどこかにとどめておいてくださったら、それでよしとすべきかしら。

とにかく、忠告はしたのだ。

友人達のところに戻ったら、彼女達は社交界の最新ゴシップを交換し合っているところだった。

「アドリアーナ様、油断してはなりませんわ。ラウラ・クライヒ嬢は、王太子殿下とお近づきになろうとしているようですよ」

「たしかに伯爵家の娘なら、殿下と結婚できるかもしれませんが、元は男爵家の娘なのに図々しいとは思いません？」

彼女達の口調には、ラウラを下に見ている雰囲気が滲《にじ》み出ていた。

兄が、いじめを心配していたのもわかる気がする。

「……彼女は、結婚相手を探そうとしているだけだと思うの。ロイヤルレッスンの参加者だもの。いずれわかってくださると思うわ」

そう返しながらも、不安になる。本当に、そうだろうか。

生じたのは、新たな不安。

――やっぱり、殿下にも近づこうとしているのかしら。

もし、そうなってしまったらどうすればいいだろう。

婚約が破棄される前に、自分の身の振り方をもう一度考えておかなければ。

それに、先ほどの兄の様子もまた、アドリアーナの不安を揺さぶるのに一役買っていた。

婚約者を大切にしているのは以前と変わりないが、ラウラには特別な思い入れがあるようにも見える。

あの兄があんな風に変化してしまうというのなら、エリオもまたそうなるのかもしれない。

――エリオ様のことを、信じていないというわけではないのだけれど。

自分に問いかけてみるけれど、わからない。いや、エリオのことを忘れるなんて無理だろう。

身も心も、深いところまで彼を刻み付けられてしまった。

――会いたい。

不意にそう思う。エリオに会いたい。

「あら、アドリアーナ様。あちらに殿下がいらしてますわ」

「今日は、いらっしゃる予定ではなかったのに」

友人に言われて視線を巡らせれば、今日は参加予定ではなかったエリオが急ぎ足に入ってくるところだった。

主催者のところに真っ先に行き、一言交わした彼はアドリアーナのところへとやって来る。

「アドリアーナ、悪い、遅れた」

「今日は、どうなさったのですか？」

「予定が一つ、なくなったんだ。今日、こちらに来ているというのは知っていたから——演奏会には間に合わなかったがな」

エリオの姿を見ただけで、こんなに安堵するなんて。

室内にいた者達は、エリオの登場にざわついたものの、すぐに自分達の輪に戻る。

エリオが、婚約者といるのを邪魔されたくないという空気を発しているのを敏感に感じ取ったのだろう。

これを感じ取れなければ、貴族とは言えない。

だが、そんなアドリアーナとエリオの間に割り込んでくる猛者《もさ》がいた。ラウラである。

「殿下、私ともお話をしてくださいっ！」

「ラウラさん、殿下は今私とお話をしているところなの。邪魔をしないでいただける？」

「アドリアーナさん、殿下の独り占めはいけないと思いますっ！　さっきも私を追い払ったし！」

「……え？」

アドリアーナの口から、無遠慮な声が漏《も》れた。

独り占めはいけないって、本当にそんなこと口にする人を初めて見た。小さな子供じゃあるまいし。

「あのね、ラウラさん。独り占めも何も……」

「身分をかさに着て、殿下を独り占めするなんてひどい！　殿下に自由を差し上げてください！」

瞳に涙をいっぱいに浮かべ、胸の前で握りしめた手を右に左にうねらせながら、アドリアーナを見つめてくる。

——話が通じない……！

これ、本当に主人公なんだろうか。こんな言動をする子ではなかったと思うのだが。

やはり、ラウラも中身は日本人な気がする。それも、あまり考えていない日本人。

思わず人前であるのにもかかわらず頭を抱えそうになってしまう。

ちらりとエリオの方に目をやったら、彼もまた顔を引きつらせていた。

アドリアーナの視線に気づくと、彼は笑みを作る。

「そうだな。では、休憩室に行こうか」

笑ったエリオは、向きを変えた。ラウラの方ではなく、アドリアーナの友人達の方へと。

そうしながら、アドリアーナに向かってひそひそとささやく。

「戦略的撤退だ」

「承知しました」

どうしてだろう、一部の男性には、あれが可愛く見えるのだろうか。アレクとかファビアンとかクラウスとか。

「皆でゆっくり話そうか」

休憩室の方を指さし、エリオはアドリアーナの友人達を誘う。

「そうですわね。殿下とお目にかかる機会なんてめったにありませんもの」

「お時間をいただけたら、幸いですわ――ああ、私の婚約者があちらに。ご一緒してもかまいません？」

友人達は口々にはしゃいだ声を上げる。空気が読めるって素晴らしい。

ラウラの方を見たら、顔が引きつっている。

――クルトお兄様にも、お話をしておかないと。

エリオとはしばらく別行動にしよう。

「では、私は兄のところに行ってきますね」

「君がいない間に、俺の知らない君の話を聞いておくよ」

「お手柔らかにお願いいたしますわね。私も、すぐにそちらに合流しますわ」

その間に、次兄のクルトにも警告を発しておこう。来る予定ではなかったはずが、婚約者と一緒にいるのを見かけたから。

「殿下ぁ！」

情けない声を上げるラウラにはそれ以上かまわず、アドリアーナもまたその場を離れた。

ラウラの側にいたら、とんだとばっちりを食らってしまいそうだったので。

次兄のクルトを見つけ、ユーベルと同じ警告をする。長兄のユーベルとは違い、クルトはすぐにうなずいてくれた。

「彼女には近づかないようにするよ。誤解されても困るしね」

隣にいる婚約者と微笑み合う。

——ユーベルお兄様とは全然違う反応ね。

クルトがアドリアーナの忠告を受け入れてくれたことに安堵した。

——もしかしたら、攻略対象者とそうではない人の違いなのかしら。

攻略対象者達には、ラウラの常識はずれな行動も可愛く見えているらしい。

休憩所にいるエリオの方に合流しよう、そうしよう。

アドリアーナが休憩所に入った時には、友人達とエリオの間にあった気まずい空気は、完全に失われていた。

「こちらにおいで」

エリオがアドリアーナを手招きすれば、押し殺したどよめきが上がる。

ラウラのことは、ひとまず頭から追い払おう。できる限りの笑みを浮かべると、アドリアーナはエリオの隣に腰を下ろしたのだった。

◇　◇　◇

演奏会が終わったあとの歓談の時間だけ参加したエリオは、ラウラに気づかれないようにちらりと見やる。

──噂以上だな。

先日といい今日といい、エリオとアドリアーナが話しているところに強引に割り込んできたラウラ。

男爵家の娘だが、伯爵位を持つ叔父の家に養女に入り、そこからロイヤルレッスンに参加してきたのだとか。

──なんでこれで、ロイヤルレッスンに参加できるんだ？

とりあえずアドリアーナの友人達を巻き込み、ラウラから距離を空けることに成功した。

ユーベルと話をしたあとのアドリアーナが、いくぶん元気のない様子だったのは気になったけれど、その後クルトとも話をしに行っていた。

一緒に王宮に戻る頃には、憂いも晴れた様子だった。

そして、それから数日後。

「殿下、次の予定ですが――」

侍従が話しかけてくるのにうなずく。

次は、隣国から来ているクラウスとの面会だった。彼から、隣国についての話を聞くことになっている。

クラウスにとって継母である正妃は、彼をこのままこちらの国に外交官として送り込みたいようである。クラウス本人もさほど王座に興味はないようだ。

「殿下、お話ししてくださいませっ！」

廊下でいきなり声をかけられ、エリオは足を止める。

そこに立っていたのは、先日顔を合わせたラウラ・クライヒであった。

友人の中には、彼女のことを可愛いと噂していた者もいる。

――これが、可愛い……か……？

淡いピンク色の髪は、こちらの国では珍しいものではない。金髪の家系にしばしば現れる色だそうだ。

その髪をふわふわとなびかせ、ラウラはこちらに邪気のない笑みを向けた。青い瞳が、きらりと光る。

可愛い、と口にしていた友人なら大喜びで立ち話くらい付き合っただろうが、こちらは公務に向かうところである。

「邪魔をしないでもらえるか？　俺は今忙しいんだ」

「忙しいって、少しくらいお話をする時間はあるでしょう？」

顎に指先を当て、首を傾げて、こちらを見る。仕草がいちいち芝居がかっていて、見ているこちらは落ち着かない。

「殿下とお話をしたくても、いっつもアドリアーナさんが邪魔するし」

「邪魔をするってどういう意味だ」

じろりと睨《にら》みつけてやれば、たじろいだ様子で半歩後退する。

――俺の記憶が間違っていなければ、皆は講義を受けている時間だったはずなんだが。

午後のティータイム以降は社交の時間にあてられることも多いが、午前中から午後にかけての昼間の時間帯は、様々な講義が行われているはずだ。

この国の貴族として受けておくべき教育をみっちりとやり直しているのだから、優雅なだけではない。

初歩的な医学なども学ぶわけだから、時間はいくらあっても足りないというのに。

にもかかわらず、ラウラは昼食から政務の場に戻ろうとするエリオのもとへと訪れた。

「俺は今、次の公務に向かうために移動しているところだ」

「じゃあ、歩きながらお話しましょ？」

言外に邪魔だから帰れと伝えているのにまったく伝わっていない。彼女の心臓の強さに驚かされる。

それ以上に問題なのは、エリオの伝えたいことを、まったく理解していないというところだ。

「断る。行くぞ――ついてくるようなら、こちらにも考えがある」

隣にいた侍従に、目で合図する。

アドリアーナが、彼女に悪い噂が立ってしまうと言っていたという話をユーベルから聞いたが、あれでは悪い噂が立っても当然ではないだろうか。

――アドリアーナと話をしておいた方がいいな。

アドリアーナの部屋を訪れるわけにはいかないので、王宮の一画に来てもらうことにしよう。


その日の夜。さっそくアドリアーナを呼び出す。

エリオの招きに応じて部屋に来たアドリアーナは、薄紫色を基調としたドレスを身に着けていた。スカートは二枚重ねになっていて、下にあたる部分には、遠目に見ればわからないほどの細いストライプが入っている。

髪は耳の下で一つに束ね、そこから前に垂らしている。おそらく、講義の時に邪魔にならないようにということなのだろう。

部屋に入ってきたアドリアーナは、明らかに元気がなかった。

「元気がないな。ロイヤルレッスンがつらいのか？」

「そんなことはありません。自分が、いかに怠《なま》けていたのかを日々痛感させられてはいますけれど」

アドリアーナは、自分に対する評価が低い気がする。

公爵家の娘として学ぶべきことは学んできたという彼女の言葉に嘘《うそ》はない。最初のうちはロイヤルレッスンで苦労していたようだが、今では完全に講義に追いついているという話も聞いている。

「領地にずっと引きこもっていましたから……もっと早くに王都に出てきていたら、と後悔しています」

なんて、口にして、恥ずかしそうに笑った。

――アドリアーナは、どこを見ているのだろうな。

幼い頃から、アドリアーナは時々、ここではないどこかを見ているような目をすることがあった。そんな表情を見る度に、手を伸ばして引き留めたくなる。

もしかしたら、人間ではなくこの世に現れた妖精ではないかとも思うことすらある。

「最近のアドリアーナは、悩みが増えたように見える。執筆上の悩みではないだろう。何があった」

「ロイヤルレッスンが終わってからも、どうするか少し悩んでいます。編集長も、続けたらどうかとは言ってくれるのですが……リーナ・ニコラスは引退した方がいいかもしれませんね」

「それは、困る」

困ると言ったら、アドリアーナの方も困ったように笑った。

――それは、困る。

アドリアーナに惹《ひ》かれたのには、その自由な発想と豊かな想像力もあるのに。

「それ以外には何か？　俺には言えないことか？」

「そういうわけでもないのですけれど」

「ラウラ嬢のことか」

「それほどでも――嘘です、それほどでもあります」

ぐったりとソファに身を預けたアドリアーナは、遠慮することなく深々とため息をついた。エリオの前でだけこんな姿を見せる彼女を愛おしいと思うのは、どうかしているだろうか。

「どうして、彼女のような者がロイヤルレッスンに参加できているんだ」

まったく基礎ができていない。

この国の貴族として最低限のマナーすらできていないくせに、どうしてロイヤルレッスンに参加しているのだろう。

ラウラを推薦してきた者の推薦者は、しばらく参加させないことにした方がいいのではないだろうか。

「それが、前はあそこまで奔放ではなかったようなんですよね。少なくとも、講義の最中はきちんとしていますし」

ロイヤルレッスンに参加して、マナーを忘れるというのが逆に不思議だ。

「講師から警告させて、しばらく様子を見る。改善されないようなら――」

ロイヤルレッスンからは出てもらうことになるだろう。

そう告げると、アドリアーナはほっとしたような顔になった。彼女が、こんな顔をするのは珍しい。

◇　◇　◇

エリオからの警告が利いたのか、ラウラの奔放《ほんぽう》な行動は、収まっているように見える。

――次の問題が発生だわ。

ラウラと会話してから十日後のこと。王宮の部屋にいるアドリアーナは頭を抱えていた。

「アドリアーナ様……新聞は、下げましょうか」

「いえ、そこに置いておいて」

ニコレッタが下げようかと提案してきたのは、新聞である。それもどちらかといえば、ゴシップ誌としての側面が強いものだった。

「ロイヤルレッスンの闇！　脅《おど》される令嬢」

と、煽情《せんじょうてき》的な見出しが躍っている。

とある伯爵令嬢が、ロイヤルレッスンの場で、とある公爵令嬢に嫌がらせをされているらしい。ドレスを破られたり、靴やノートを隠されたり。

――そんな子供みたいな真似《まね》、するはずないでしょう……！

と、心の中で叫《さけ》んだのはアドリアーナであった。

なんでわざわざ苦手な人間に関わらなければならないのだ。

――そういえば、ノートの話は私も聞いていたわね。貸してあげようかと提案したけれど……。

結局、ラウラはノートを借りに来なかったのですっかり忘れていた。

だが、それはともかくとして、こうやって報道されてしまっているのが問題である。いくら、まともな記事を掲載することがほとんどない三流以下の新聞だったとしてもだ。

「今日の会は、休んでしまおうかしら」

「ですが、今日は殿下とご一緒なのでしょう？」

「そうだったわね……あちらで合流しようということになっていたけれど」

今日はこれから、絵画の鑑賞会に行くことになっている。それも、王家が開くものだ。

王立美術館を貸し切りにし、王宮から招待された人達だけが入ることが許される。

ロイヤルレッスンとは違い、商人や軍人、大農場を営む者や下級貴族の家など、様々な人に招待状が送られる。

年に数回行われるのだが、日頃あまり接することのない人と知り合いになることができる珍しい場ということもあり、招待されただけで大変喜ばしいことなのだとか。

「……しかたないわね。支度しましょうか」

そろそろ始めなければ、間に合わない。

ドレスは昨日のうちに用意しておいてよかった。

絵画の鑑賞に行くのだから、落ち着いた色合いの方がいいだろう。

支度をして、美術館に向かう。エリオとはここで落ち合うことになっていたので、一緒に招待されていた友人達と彼を待つことにした。

「アドリアーナ様、今年の『ファーレンティアの花嫁』がアドリアーナ様に内定したというのは本当ですか？」

「『ファーレンティアの花嫁』？　そういえば、もうそんな時期ですわね」

言われるまで、すっかり頭から飛んでいた。そういえば、そんな設定もあった。

国一番の淑女と認められた女性が、祭りの時に神に花と供物をささげる役を負う、と。過去、王族と結婚した女性は皆『ファーレンティアの花嫁』となったらしいけれど、自分が選ばれるとは思っていなかったから、すっかり忘れていた。

「気にしていらっしゃらないのですか？」

「領地にこもっていた時期が長かったですから。建国祭に参加できたことがほとんどなくて……」

視線を落とせば、あぁと同情したような声が上がった。

アドリアーナが、長い間領地にいたのは、多かれ少なかれ皆知っている。病弱だったため、なかなか王都まで出てこられなかったのだと。

「それで、噂は本当なのですか？」

話しかけてきた令嬢は興味津々だったけれど、アドリアーナは首を横に振った。

「私の役ではありませんから」

「どうせ、家の権力を使って自分のものにするのだろうに」

ふと横から聞こえてきた声に、アドリアーナは眉間に皺《しわ》を寄せる。

いくらなんでも、無礼な物言いだ。

そう言い放ったのは、顔を見たことのない青年だった。

「失礼。公爵令嬢とお話をする機会なんて、めったにないもので」

アドリアーナが言い返す前に、彼は大急ぎで立ち去る。

「……困ったわね」

アドリアーナは額に手を当てた。

アドリアーナがどう見られても気にするところではないのだが、エリオに迷惑をかけることになるのは困る。

――私のこと、面白くないと思う人もたくさんいるでしょうしね。

公爵家の娘にして、王太子の婚約者。妬まれる理由なら嫌というほど思い当たる。

エリオは、先の公務がまだ長引いているそうだ。

美術館の周囲は厳重に警戒されている。それに、建物の中もあちこち警備の兵が立っている。

身分の高い女性であるアドリアーナが一人で歩いても、今日ばかりは文句を言われないで済む。

「――あら」

そこにいたのは、宰相の息子ファビアンであった。

彫刻を睨《にら》みつける目は、なんだか深刻である。芸術を鑑賞しているというよりは、これから戦う相手を睨みつけているような目をしていた。

「こんなところで、どうなさったのですか？」

「アドリアーナ嬢。いや、この彫刻家は、何を考えてここにこんなものを彫ったのかと」

彼が睨みつけていたのは、彫刻の右手下に彫られている模様であった。たしかに、普通ならこんなもの彫らなくてもすむ。

偶然にも、彫刻に彫られているのはファーレンティアであった。創世の伝説に何か新解釈をしようということなのだろうか。

「見れば見るほど、考えたくなるんです」

「芸術の解釈は人それぞれと言うけれど……」

右手の下に彫り込まれているこの模様は、なんなのだろう。どんな意味を持つのだろう。

「もう少し、考えてみます」

「ええ、私はあちらを見てきますね」

一礼する彼と別れ、なおも歩みを進める。

新聞記事のことで、頭がいっぱいだ。エリオも、あの新聞を読んだのだろうか。

気が付いた時には、池の側《そば》にいた。誰か、池のところに立っているのが見える。

知り合いなら挨拶《あいさつ》をしようかと足を止めた時だった。池を眺《なが》めていた女性が、こちらへ振り返る。

「アドリアーナさん！」

そこにいたのは、ラウラだった。ラウラはアドリアーナの姿を認めたとたん、こちらに手を振ってくる。それだけでなく、バタバタとこちらに駆けてきた。

——子供っぽいと言えばそうかもしれないわね。

「……ラウラさん？」

「アドリアーナさんってばひどい！　私のことが嫌いだからって……！」

「え？」

不意に、ラウラが叫ぶ。アドリアーナは、きょとんとしてしまった。

好きとか嫌いとか、そんな感情を抱く以前の関係なのに、何を言うのだろう。

「きゃあああああっ！　誰かぁぁぁぁっ！」

派手に悲鳴を上げながら、いきなりラウラは池に背中から転がり落ちた。

「ラウラさんっ」

慌てて手を伸ばすが、届くはずもない。どうしようかと思っていたら、横から池に飛び込む人がいた。

「ラウラ、大丈夫か？」

先ほどすれ違ったファビアンである。ファビアンに抱きかかえられ、ラウラは池から上がってきた。

「ひどい、突き飛ばすなんて！」

いつもの愛らしさはどこへやら、ラウラはアドリアーナを睨みつけた。睨まれたアドリアーナもまた、困惑する。

「わ、私は……あなたを突き飛ばしていないわ。混乱しているのではなくて？」

だって、背中から池に落ちていった。アドリアーナは、指一本触れていない。

悲鳴が響き渡ったためか、若い男性が次々に池の側へとやってきた。

「ラウラ嬢、大丈夫か」

「池に落とすなんて、ひどいことをする人もいたものだ」

アドリアーナの方を、睨みつけた男達は、ラウラに手を貸して立ち上がらせる。

「池に転落した方は、奥の控え室にいらしてください」

ここでようやく美術館の従業員が登場した。

ラウラに大きなタオルをかけ、奥の従業員用の部屋へ案内しようとしているようだ。

「あ、ありがとうございます……」

従業員に頼りなく寄りかかりながら、ラウラはしくしくと泣いていた。ちらりとアドリアーナの方に勝ち誇《ほこ》ったような笑みを向ける。

それはほんの一瞬、他の人の目には見えなかっただろう。

アドリアーナは、従業員のうち一人を引き留めた。

「馬車に替えのドレスがあります。池に落ちた令嬢には着替えが必要でしょう」

今のいままで、ラウラになじられていたことなどなかったような顔をして微笑む。常に、落ち着いていなければ。

「よろしいのですか？」

「ええ、もちろん」

公爵家の馬車にある着替えを渡すよう、手配する。

万が一に備え、馬車には替えのドレスを一着用意してある。ラウラよりアドリアーナの方が少し大柄だが、王宮に戻るまでの間ぐらいなら役に立つだろう。

第八章　あなたが信じてくれてよかった

美術展の翌日。アドリアーナはニコレッタに買ってきてもらった新聞を見て、大きく息をついた。美術館での出来事も、面白おかしく報道されてしまったらしい。

アドリアーナの名が直接出されているわけでもないし、ここに書かれていることを信じる者はまずいないだろうけれど、どうしたって気にしてしまう。

――これ、エリオ様が読んだらどう思うかしら。

アドリアーナは何もしていないと、エリオは信じてくれるだろう。そう思う。

けれど、エリオの周囲の人はどうだろう。悪評の立った娘を、わざわざ王太子妃にしたいと思うだろうか。

国王や王妃とアドリアーナの関係は、けして悪いものではない。

でも、周囲の圧力を押し切ってまで、アドリアーナを王太子妃に迎えることが可能なのかどうか。

――それ以前の問題もあるわよね。

十年近く領地に引きこもっていたという前歴。病弱だったけれど、今は健康になったということで、エリオの婚約者に内定した。

だが、それは、アドリアーナが王太子妃として十分な立ち居振る舞いができることを前提としている。何もしていない女性を、池に突き落とすなんて許されるはずもない。

——もしかしたら、ラウラさんはここまで予想していたのかしら。

前世、ライトノベルやWEB小説の世界でさんざん読んだ。

悪役令嬢に転生したアドリアーナだけではなく、主人公であるラウラもまた転生者であるというパターンを。

アドリアーナの知る『ラウラ』は、あんな感じではなかった。少なくとも、会話をしている相手を苛立《いらだ》たせるような娘ではなかった。

——それなら、説明がつく気もするのよね。

男爵家の娘が、伯爵家に養子に行ってまでロイヤルレッスンに参加しようとするメリット。

いくら身分だけ伯爵家の娘となったところで、生まれながらの伯爵令嬢とは受けてきた教育からして違う。

もし、ラウラが控えめで謙虚で、『わからないことがあったら教えてください』という態度を貫いていたならば、他の令嬢達のラウラに対する態度ももう少し違ったものになっただろう。

けれど、今までのラウラの行動ときたら。

――自分が愛されて当然、と考えているのではないかしら。

たしかに主人公《ヒロイン》ならば、愛されて当然なのかもしれないけれど――。

両親が存命なのに、どうにかして伯爵家の養女となり、この場《ロイヤルレッスン》に来た。もし、自分が好きだったキャラクターとの未来を夢見る転生者がラウラだったとしたら。

――うかつだったわ。

アドリアーナは唇を噛《か》んだ。

ラウラが転生者ではないかとちらりと考えたのに、そのまま放置してしまった。

自分の考えの甘さを痛感させられる。前世で、さんざんその手の物語を読んできたというのに。

落ち着かなければ。しきりに深呼吸を繰り返し、なんとか落ち着こうと試みる。

――今後のことを考えなくちゃ。

ゲームの開始は阻止したはずだった。

けれど、どこかで何かが歪《ゆが》んで、強制的に開始してしまったのかもしれない。だとしたら、追放される未来も待ち受けているわけで。

――リーナ・ニコラスとしての活動を続けることは可能かしら。

出版社の人間だけではなく、エリオに正体が知られていたのはまずかったかもしれない。もし、追放されたとしたら、エリオの命令でリーナ・ニコラスとしての活動は終わりになるかも。

圧力をかけられてしまったら、出版社としてもどうしようもないし。

——もし、活動を停止するよう命じられたら？

追放されたところで、財産までは取り上げられないだろう、たぶん。勘当もされないと思う、たぶん。

頭の中で、ざっとリーナ・ニコラスとして稼いだ金額を計算してみる。

宝石を買いあさるような贅沢《ぜいたく》をしなければ、ニコレッタと二人、生涯暮らしていくことくらいはできそうだ。

——それなら、まだましかしら。

少なくとも、生きていくことはできるはず。

少しばかり落ち着きを取り戻し、目に見えないところに折りたたんだ新聞を押しやった時だった。ニコレッタが、エリオからの使者の訪れを告げる。

はたして、エリオがよこした使者は、アドリアーナを呼び出すものであった。

——昨日の今日だものね。

新聞記事を見ていなかったとしても、他の令嬢を突き落としたなんて言われているのだ。

エリオから注意があってもおかしくはない。

アドリアーナを出迎えたエリオは、厳しい顔をしていた。

「昨日のことなんだが――ラウラ・クライヒ伯爵令嬢は、君に突き落とされたのだと主張している。新聞にも、様々な記事が出ているな」

エリオがテーブルの上に置いたのは、新聞であった。

それも一社だけではない。どれも、アドリアーナの名は出していないだろうが、慎重に読めばきっと誰のことかわかるだろう。

「……私は、ラウラさんを傷つけるようなことはしていません」

アドリアーナにできるのは、自分の無実を主張することだけ。

けれど、エリオは険しい顔をしたまま。

――もしかして。

昨日まで、エリオとラウラの接点はほとんどなかったはず。それに、ラウラとエリオが接触しそうになる度、アドリアーナは割り込んできた。

だが、昨日はアドリアーナは先に王宮に戻らされてしまった。あのあと、エリオとラウラが、会場で会話をしたかどうかまではわからない。

「わかっている。アドリアーナは、そんなことをする人じゃない」

彼のその言葉に、どうしてか素直にうなずくことはできなかった。

——エリオ様が、私を信じてくれて嬉《うれ》しいはずなのに。

一瞬間をあけて小さくうなずくと、エリオはアドリアーナの頬に触れる。そっと触れる優しさに、涙が零《こぼ》れそうになってしまった。

「私、本当に何もしていないんです」

小さな声で、そう訴えた。ラウラが自ら池に転がり落ちたのだ。

アドリアーナは何もしていない。

「わかっている——だから、しばらく、公《おおやけ》の場に出るのはやめてくれ」

「……え?」

エリオの口から、そんな言葉が出てくるとは思ってもいなかった。

「部屋を用意させる。しばらくそちらにいてくれ」

言葉もなくうつむいてしまうと、エリオはさらに信じられないことを言い出した。

だが、彼の表情に、アドリアーナの反論は封じられた。

アドリアーナがロイヤルレッスンに参加するのをやめてから、二週間が過ぎた。

世間の噂《うわさ》では、アドリアーナは罪の意識にさいなまれ、行方をくらませたということになっているらしい。

——私は、王宮から出たわけではないのだけれど。

アドリアーナは、滞在していた部屋から、王族のプライベート空間にある部屋に移動していた。ニコレッタが側《そば》に控えているのはあいかわらずだ。

「ロイヤルレッスンの方はどうなっているのかしら」

「何も問題はありませんよ。お嬢様は、心配する必要なんてないんです」

「それなら……いいのだけど」

　窓から庭を見下ろせば、つい先日まで一緒にいた友人達が庭園を横切っていくのが見えた。色とりどりのドレスに身を包み、書物を手に歩いていく彼女達の姿は青春そのもの。

　——私も、あそこにいたはずだったんだけどな。

　こうやって一室にこもっていると、どうしたって不安は込み上げてくる。部屋から出ることを許されていないし、外部に連絡を取ることも許されていない。

　王宮の図書館にある本や、自室に置いてきた私物は、世話係——というか、監視なのだろう——という名目で扉の側に控えている使用人に頼めば、届けてもらうことができる。

　どうせ引きこもっているならばと、タイプライターと筆記用具、資料本を運んでもらい、新作に取り掛かったのだが進みが悪い。

　アドリアーナの指がまったく動いていないのに気づいたらしいニコレッタが声をかけてくる。

「お嬢様、新作の方はどうですか？」

「進まないわね……それに、書いたところで刊行できるのかどうか」

リーナ・ニコラスは発刊禁止になったりしないだろうか。アドリアーナが心配したところでしかたないのだけれど。

「お嬢様は、悪くありません」

「ええ、そうね。間《ま》の悪い時に、間の悪いところに居合わせただけ」

まさか、悲鳴を上げながら自ら池に転落する人がいるだなんて思うはずもない。

ラウラが何を考えているのか知っていたら、近づくことすらしなかった。

――エリオ様。

心の中で、エリオの名を呼んでみる。

エリオが信じてくれているのなら、それで十分。そう思えたらよかったのに。

「そういえば、今日は『ファーレンティアの花嫁』が発表される日ではなかった？」

「たしか、そうでした」

この年、最高の成績を収めた淑女。アドリアーナも、発表の場には参加したかった。自分が選ばれるとはまったく思っていないけれど。

「誰が選ばれるのか、予想する人はいないのかしら」

「私はお嬢様だと思っていました」

「それは、あなたの買い被りよね」

ニコレッタの言葉に、くすりと小さな笑いが漏《も》れる。

ロイヤルレッスンに参加してはいるけれど、まだ一年にも満たない。王太子妃となるための最後の準備として、形式的に参加したはずだった。

それなのに、他の令嬢をいじめたと誤解されたのだから、参加を許されるはずもない。

「残念です」

「私も残念だわ」

『ファーレンティアの花嫁』の地位はどうでもいいけれど、エリオの側にいられないのが残念だ。この二週間、彼の顔は見ていない。

気を取り直し、新しい作品に向かい合おうとした時だった。部屋の扉がノックされる。

「見てきます」

ニコレッタが立ち上がり、扉を開いた。向こう側で何か話をしているが、アドリアーナの耳には届かない。

「お嬢様、殿下がお呼びだそうですよ。五分だけ、お時間をいただけますか？」

王宮に滞在中だから、自分の部屋にいても部屋着ではなく、きちんとしたドレスを身に着けている。急に呼び出されても困らない。

ニコレッタがさっと髪と化粧を直してくれて、アドリアーナは立ち上がった。

――このところ、ずっと会いに来てもいなかったのに……何があったというのかしら。

エリオとは、あれ以来顔を合わせてもいない。

急に呼び出されたら不安が大きくなる。

任せろと言ってくれた。だから、アドリアーナにできるのは彼を信じることだけだった。

そう自分に言い聞かせても、こみ上げる不安を表情に出さないようにしながら、足早に進む。時々、すれ違う人の視線が、突き刺さってくるような気がした。

まるで、お前の悪事はすべて知っていると告げているかのように。

アドリアーナが呼び出されたのは、学習の場として使われている建物の一室だった。

恭《うやうや》しく侍従が扉を開き、中に入ったアドリアーナは思わず息を詰める。そこに集まっていたのは、今、ロイヤルレッスンに参加している人すべてだった。

――これは、まるで。

頭の中に、再現される光景。これは、アドリアーナが罪を突き付けられるシーンだ。

ゲームでは、アドリアーナが呼び出されたのはここではなく、王宮の大広間であったけれど。

――エリオ様。

エリオの方に目をやれば、こちらに向ける彼の顔には表情がなかった。アドリアーナに対する感情を、すべて失ってしまったとでもいうかのように。

事態はアドリアーナが恐れていた方へと進んでしまったようだ。この場に、アドリアーナの味方はいない。

「アドリアーナ・ディ・ヴァルガス、参上いたしました」

「アドリアーナ嬢、君は、こちらのラウラ嬢に対して嫌がらせをしたのか？」

エリオの口から出てきたのは、アドリアーナを糾弾する言葉。

信じたくない。エリオの口から、そんな言葉が出るなんて。

手が冷たい。エリオが自分を信じてくれないというだけで、こんなにも悲しみを抱えることになるとは思ってもいなかった。

――こうなったら、もう誰も信じられない。

せめて、見苦しいところは見せないようにしよう。毅然《きぜん》と顔を上げ、口を開く。

「嫌がらせなどしていません」

「教科書が紛失したそうだが？」

「存じません」

「嫌味を言ったことは？」

「彼女の生活態度につき、幾度か苦言を呈したことはございます。それを嫌味と受け取られてしまったのであれば、私《わたくし》の不徳のいたすところでしょう」

言うだけ無駄《むだ》。

わかっていても、続けざるをえなかった。アドリアーナにできるのはそれだけだったから。

「報道にあった、ラウラ嬢を池に突き落としたというのは？」

「その場に居合わせたのは事実です。ラウラ・クライヒ嬢には指一本触れていません」

エリオの質問に、よどみなく答えていく。

集められた人達の視線が、突き刺さってくるのを意識せずにはいられない。下を向かないようにするので精一杯だった。

「――だそうだが？」

そんなアドリアーナにはかまわず、エリオの目がラウラの方に向けられた。ラウラは、ぷくりと頬を膨らませている。

――この国に生まれた人なら、やらない仕草だわ。

間違いなく、ラウラもまた転生者。

その結論が、間違っていなかったことを理解する。今理解したところで、アドリアーナにできることはないわけではあるが。

「嘘《うそ》です！　アドリアーナさん以外、私に嫌がらせをする人なんていません！」

「ラウラさん、私、あなたに嫌がらせをする必要があるのかしら？」

わかっていても、ついそう問いかけずにはいられなかった。

アドリアーナは、できる限りラウラとの距離を取ろうとしていた。

ラウラの方からわざわざ押しかけてこなければ、アドリアーナとの接点なんてほとんどなかっただろう。

ロイヤルレッスンの参加者同士という接点があったとしても、ここは自分が信頼できる相手を探すための場。最初からラウラには近づかないという選択をしていたのだから、仲良くなれるはずもない。

「たしかに、あなたの行動には目にあまるものが多かったのは否定しません。ですが、あなたが、伯爵家の娘になってから日が浅いということは皆知っていました。皆、あなたが不適切な行動を取ったら、その度に教えてくれたのではありませんか？　嫌がらせをすることなく」

「だって、エリオ様は、私のことが好きでしょう？」

「……それが、何か関係あります？」

思わず返した声音は、冷え冷えとしていたかもしれない。

ラウラがそう信じ込むのは勝手ではあるが、エリオの気持ちをラウラがわかるはずないではないか。

「好きに決まっています。それに嫉妬して、アドリアーナさんは嫌がらせをしたんだわ」

「ですから、そうする理由はないと言っているでしょうに」

話が通じない相手というのはやっかいなものだ。思わずため息が零《こぼ》れた。

それもまた、ラウラの感情を逆なでしたようだった。

「ほら、アドリアーナさんはいつもそう！　自分が、高位貴族の娘だからって、私のことを馬鹿にして！」

「馬鹿になんてしていません」

せっかくロイヤルレッスンに参加できているのだから、学べるだけのことは学んだ方がいいのではないかと考えていただけだ。

だが、ラウラの耳には、アドリアーナの言葉は届いていないらしい。

「馬鹿にしているでしょう！　ずっと、こちらを見下すような目で見て！」

ラウラが尖《とが》った声を出す。見下すような目をしたことなど、一度もないのに。

「私のノートを隠したり、池に突き落としたり――そこまで、私のことが嫌いなんですか？」

「だから、私は……」

反論しようとして、そこで詰まってしまう。誰が、アドリアーナのことを信じてくれるのだろう。

「――ラウラ・クライヒ。あなたの言葉は、真実ではない」

好きなだけラウラにわめき散らかせてから、エリオは口を開いた。

「ノートや本が紛失したという件についてだが、自分で隠したのだろう？　あなたが、隠すのを見ていた者がいる」

「ロイヤルレッスンの参加者なら、アドリアーナさんの言いなりに決まってるわ！」

「美術館で池に落ちたとあなたが主張している件についてもそうだ。美術館の件についても、目撃者がいる」

「――だから、それは！」

「目撃者は、美術館で働く者と、王家がアドリアーナにつけていた護衛だ」

しんとその場が静まり返った。ラウラだけが意味がわからなかったようで、きょとんとしている。

「アドリアーナ・ディ・ヴァルガスを陥《おとし》れようとしたこと、ロイヤルレッスンの参加者としては不適切だ。これ以上、あなたの参加は認めない」

護衛と美術館の職員は、完全な第三者。池の転落はラウラの自作自演であるということは、彼らの証言で充分だ。

エリオが、これだけの人を集めた理由を理解した。

アドリアーナが陥れられたということを、皆の前で明らかにしたかったのだろう。

「だって、私はちゃんとやったわ！　皆、私のことを好きになるの。そうじゃないとおかしいでしょう？　だって、私がヒロインなんだから！」

わめき散らすラウラの表情は、歪《ゆが》んで見えた。

取り押さえられたラウラが、騎士達によって連行されようとしている。ラウラは、騎士達を振り払って、アドリアーナの側に来た。

「あんた、もしかして転生者?」

「ええ……私、ゲームの開始を阻止しようと思っていたの。こんなことになるとは、思ってなかったわ」

「あんたのせいで!」

ラウラの手が翻《ひるがえ》りかけるのをとめたのは、エリオの手だった。

「アドリアーナに手を出すな。罪を重ねたいのか?」

振り払おうとするラウラの手は、びくともしない。エリオに睨みつけられ、ラウラは言葉を失った。

「連れていけ。実家に送り返す」

——ここが、ゲームの世界ではないということに気づけなかったのが、彼女の失敗なのかもしれないわね。

アドリアーナ自身、ゲームどおりの進行になるのではないかと不安に思うこともあった。きっと、これからも、たまには不安がぶり返すこともあるだろう。

けれど、同じ転生者であっても、アドリアーナとラウラのとった行動は違っていた。

相手にしているのは、攻略対象者ではなく人間なのだと理解して接したアドリアーナと、

あくまでもキャラクター相手としか認識できなかったラウラ。

その結果が、これだ。

――理解する日が来るのかしら？

ラウラが、人間を相手にしていたのだと認識するのはいつの日のことなのだろう。

この世界で、ラウラが新しい道を見つけることができるよう祈らずにはいられない。もしかしたら、それもまた余計なことなのかもしれないけれど。

――エリオ様が、私を信じてくれてよかった。

悪役令嬢に転生したと知った時はどうしようかと思ったけれど、この世界で生きていく決意を固めてよかった。

「どうした？」

「いえ、あなたがいてくれてよかったと、そう思ったんです」

アドリアーナの方から手を伸ばす。エリオの手を取ったら、きゅっと握りしめられた。

こうして、ロイヤルレッスンでの騒動は終わりを迎えた。

もともと滞在していた部屋に戻ろうとしたら、エリオに引き留められる。

場所を移そうと連れていかれたのは、エリオの私室であった。

「エリオ様が、私は何もしていないって信じてくださってよかったです」

「最初から、護衛をつけておけばと後悔したけどな」

もう何度もこの部屋には訪れている。並んでソファに腰を下ろせば、エリオの手がすかさず肩に回された。

アドリアーナの方も、抵抗はしない。素直に彼に身をゆだねる。

「それにしても、ラウラさんが何を考えていたのか、エリオ様は気づいていらしたのですか？」

「うーん、彼女の考えていることは、よくわからない。なんで、一度会話しただけで、俺が彼女に恋をしたと信じ込むことができたのだろう。だが、人を陥れようとしていたのは理解していた」

――それは、彼女がエリオ様のことを攻略対象者だと信じ込んでいたからです。

アドリアーナは、心の中でつぶやいた。きっと、エリオに言ってもわからないだろうと思ったから。

「思い込みの激しい人というのは、どこにでもいるものだ」

「ラウラさんは、これからどうなるのですか？」

「これ以上、ロイヤルレッスンに参加させるわけにはいかない。伯爵家に戻ることになる。そこから先は、伯爵家が判断することだ」

わざわざ姉の家から迎えた養女が、ロイヤルレッスンで騒ぎを起こした。

無事にロイヤルレッスンでいい成績を収めるとか、いい出会いがあったとかするならばまだ話は別だろうが、今回の場合は追放である。

伯爵家にとっては、大恥をかかされたということになる。それに、次期王太子妃であり公爵家令嬢であるアドリアーナに濡《ぬ》れ衣《ぎぬ》を着せたというのも大きいだろう。

――普通にしていたら、別の結末もあったかもしれないのに。

アドリアーナがそう思ったところでどうにもならないのもわかってはいるけれど、そう思わずにはいられない。

ラウラに心を惹《ひ》かれている男性も多かったように見受けられる。

最後まで参加していたら、彼女に交際を申し込んだ人もいただろう。そうしたら、伯爵家が彼女をここに送り込んだ目的は果たせたはず。

最初から、与えられたチャンスを放棄してしまったのはラウラの選択だ。

――たぶん、伯爵家は彼女を実家に戻すでしょうね。

男爵家に戻ったラウラの未来がどんなものかは、アドリアーナには想像もできない。できれば、あまり悲惨なものではないといいなとは思うけれどそれだけだ。

「それより、俺に言いたいことがあるんじゃないか?」

「言いたいこと……? ありがとうございます、ですね」

ラウラの言葉を信じないでよかった。アドリアーナを信じてくれてよかった。

もし、あの場でラウラの言うことを信じていたら、きっともっと打ちのめされた。

「そうじゃないだろ？」

「そうじゃないって、どういう意味でしょう？」

「感謝の気持ちは、行動で示してもらわないと」

にやりと笑う彼に、胸を射抜かれた気がした。

——ああもう、本当にこの人は！

どうやったら、アドリアーナを自分の手の上で転がせるか完璧にわかっている。わかっているから、質《たち》が悪い。

「……どうしたらいいのでしょう？」

どうしたら彼が喜んでくれるのかわからないから、真正面から尋ねてみる。

感謝の気持ちを行動で示す。なんとなくわかるような気はするけれど。

「では、こちらに」

唇の端を釣《つ》り上げたエリオは、アドリアーナの手を取る。どこに向かおうとしているのか気づいたとたん、アドリアーナの身体は甘く疼《うず》いた。

寝室に連れ込まれたかと思ったら、あっという間に身に着けていたドレスは肩から引き下げられた。

どういうわけか、エリオの上にまたがらされている。剝《む》き出しになった乳房を手で弄《もてあそ》ばれれば、ベッドにドレスの裾が広がる。

「君からキスして」

促されるままに、そっと唇を触れ合わせる。それでは足りないと、エリオが薄く唇を開いて誘いをかけてくる。

おずおずと差し入れた舌があっという間に搦《から》めとられ、押し殺した甘い喘《あえ》ぎがアドリアーナの唇から漏《も》れる。

「んっ……んぅっ」

「可愛い。君のそんな顔を見られるのは俺だけの特権だな」

悔しいことに、エリオの方は余裕たっぷりだ。彼の手は満足そうに豊かに実った乳房を下から持ち上げるようにして揺らし、アドリアーナの反応を楽しんでいる。

「エリオ様は、意地が悪いです……」

「意地悪なのは、アドリアーナ限定だな」

ちゅっとなだめるように、こめかみにキスされる。そうしながらも、彼の手は休むことはなかった。

円を描くように乳房を揺らし、指の間で頂《いただき》を根元から刺激してくる。そうされると、じくじくとした疼きが、脚の間まで流れ落ちてしまう。

それをごまかすように、アドリアーナは再び彼に口づけた。

何度も何度も、互いの舌が絡み合う。お互いを味わい尽くそうとしているみたいに舌を擦《こす》り合わせれば、身体の芯が熱を帯びてくる。

「優しくしてください……」

「どうしようかな」

本当に、意地が悪い。

少しばかり拗《す》ねて上半身を捩《よじ》り、エリオの手から逃れようとしたら、乳首が強く吸い上げられる。

そうしながら舌で転がされれば、自分でも恥ずかしくなるくらい艶《なま》めかしい声が漏れた。

弱い場所を何度も舌でつつかれる。そうされれば、簡単にアドリアーナは喘いでしまう。

「邪魔なものは、とってしまおうか。君もその方がいいだろう」

布をたっぷりと使っている分、ドレスは重い。エリオの言葉に従えば、あっさりとドレスは床に放り出された。

「どうして欲しい？」

爪の先でかりかりと頂をひっかくようにしながら、エリオがこちらを見上げて問いかける。わかっているくせにあえて言葉にさせようというのだから、やはり彼は意地が悪い。

「そ、それは……」

今、口にすれば楽になれる。わかっているけれど、言葉にはできない。羞恥心《しゅうちしん》と欲望が、心の中でせめぎ合う。

勝利を収めたのは羞恥心だった。自らねだることなんてできなくて、視線をエリオからそらす。

「わかっていたけれど、アドリアーナは案外強情だよな」

「強情なわけではありません……」

おかしい。性の知識なら、前世でさんざん知り尽くしたはずなのに。

だが、見るのと経験するのは大きな違いなわけで、いつも簡単にエリオの思うままにされてしまう。

上半身を隠していた絹の下着が、ドレスに続いて床に落ちる。

「ほら、腰上げて」

今だって、エリオが命じるままに腰を上げることしかできない。エリオの手は的確に動いて、身に着けていた最後の砦も床に投げ出された。

「あまり、見ないでください……」

告げる声音は、もうどうしようもないほどに甘ったるい。脚の間、秘めておくべき場所はすでに脈打つみたいに疼いている。

「どうしようか。俺は、アドリアーナが悦《よろこ》んでいるところを見たいんだけど」

とてもいやらしいことを言われているはずなのに、アドリアーナは喜んでしまう。

「ここに、俺のこれを入れて」

「——あっ」

右手を取られ、エリオ自身へと導かれる。そこは硬く張り詰め立ち上がり、エリオの欲情を明らかに突き付けてくる。

と、同時に濡れそぼった花弁の間をエリオの指先がかすめていく。そうされるだけで、甘くて切ない疼きが背筋を駆け上り、新たな蜜を滴らせる。

「君が気持ちよすぎて泣いてしまうまで、君を揺さぶりたい」

耳のすぐ側《そば》、熱い吐息。指で間をなぞられるだけで、腰が勝手に動き始めてしまう。

「アドリアーナ、手を動かして」

「……だって」

どうすればいいか、知識としては知っている。エリオの指が、浅いところをかき回し始めた。

「ん——は、あぁ……」

溢れる蜜のぬめりを借りて、エリオの指はたやすく出たり入ったりし始める。ぐっと根元まで指が突き入れられて、刺激にのけぞって喘いだ。

そのとたん、右手に力が入ったらしい。小さくエリオが呻《うめ》くのが聞こえてくる。

「あっ……あ、あぁ……は、あんっ！」

ぎこちない手つきで、肉棒を上下に擦り上げた。エリオの呻く声が、アドリアーナの興奮を煽《あお》る。

蜜洞をかき回すエリオの指はますます激しさを増し、のけぞって、胸を大きく揺らしてしまう。耳に聞こえる淫《みだ》らな水音、乱れる二人の吐息。

エリオ自身を擦り上げる手だけはなんとか動かしたまま、脳裏が歓喜の白に満たされる。

肩で息をついた時、右手がそっと外された。

「俺も我慢できそうにない。おいで」

その言葉を、どこかで待っていたような気がする。

敏感な芽をかすめるように身体の位置をずらされれば、奥まった隘路までが収斂《しゅうれん》した。

「入れて。君の手で」

低く艶《つや》を帯びたエリオの命令に、身体は勝手に従ってしまう。官能の期待に喉が鳴り、片手で屹立を固定しながら、ゆるゆると腰を落としていく。

「あっ、あぁっ――――！」

焼けつくような熱が、身体を貫く悦楽に高い声を響かせた。最奥まで一気に容赦なく膣壁を突き上げられ、それだけで高みに上り詰めてしまう。

自重がかかる分、いつもより奥まで飲み込んでいる。

「まだ。まだ、俺は達してない」

「あ、やっ、動かないでっ！　まだ、だめ……ん、あぁっ！」

言葉では拒んでいるくせに、声音は快楽を告げている。

達したばかりで、まだ身体は思うように動かないのに、エリオは小さく腰を揺らして奥を刺激してくる。

「んっ、だめって言って……は、あぁっ！」

刺激されれば、達したばかりの身体にはあっという間に火がついて、自分から腰を動かし始めてしまう。

淫らに腰を上下させれば、下肢が快感で溶けてしまいそうな気になった。とても恥ずかしいことをしているはずなのに、恥じらいはどこかに消え失せる。

「そんなことを言って、君だってまだ俺のことを欲しがっているくせに」

エリオの言葉に煽られるように、自ら腰を揺さぶってより強い快感を貪《むさぼ》る。肉棒の先端が引き抜けてしまうぎりぎりまで腰を持ち上げ、また、根元まで飲み込む。

「あっ、だめっ……また、来ちゃう……！」

「まだ、イかせてやらない」

エリオの肩にかけた手に力をこめ、絶頂に達しようとしたら腰を摑《つか》んで押さえられた。

達しきれなかった不満が、声になって零れる。

「ひどい……」

「俺は、意地悪なんだ。アドリアーナ限定でね」

そんな意地悪なんて、アドリアーナ限定にしなくてもいいのに。

むくれた顔になったら、エリオはなだめるみたいにキスしてきた。

「――んんっ！」

舌と舌を熱烈に絡み合わせながら、今度は後ろに押し倒される。その拍子に、軽く達してしまった。

「俺もそろそろ限界になりそうなんだ。だから、ここから先は、俺に主導させてくれ」

「ああっ……だから、急に動かない、でっ！」

「それは無理。だって、俺も限界が近いから」

嘘だ。絶対に嘘だ。だって、こんなにもエリオは余裕なのだから。

そんな考えも、エリオが律動を始めたら簡単に霧散する。

アドリアーナにはできない、力強い律動。引き抜かれれば入り口の花弁がめくられ、突き入れられれば今度は中に巻き込まれる。

奥を抉《えぐ》られる度に、シーツの上に散らばった髪が揺れ、快感に耐えかねて首を振れば、合わせるみたいに乳房が揺れる。

エリオの方も、もう容赦してくれなかった。壊れてしまいそうだと思うほど激しく深く突き入れられ、どんどん奥深くまで支配される。

最奥を抉られる度に、高みに放り上げられる。達するごとに深く、より深く、より強烈になっていく感覚。身体中が快楽一色に染め上げられる。

「アドリアーナ……愛してる」

「あ、あぁっ、わ、私も……！」

ひときわ大きく突き入れられたかと思ったら、エリオが小さく呻くのが聞こえた気がした。身体の奥に注ぎ込まれるもの。合わせるように達した腰が、ベッドの上で跳ね上がる。

「……んっ」

内側に埋め込まれたままの欲望の証。それは少しも硬さを失っていなかった。

小さく顎を揺すったアドリアーナは、エリオの広い背中に両腕を回す。

「……あなたが、望んでくださるのなら」

体力の方は心配だが、エリオがアドリアーナを望んでくれるのならどうにかしよう。

額に口づけられるのを意識したアドリアーナは、より近いところで彼を感じようとする。

「何度でも、あなたが望んでくれるのなら」

今夜はきっと眠れないのだろうな、と再び快楽一色に染められ始めた頭の隅で考える。

けれど、それもまた悪くはないのかもしれなかった。

エピローグ

アドリアーナがロイヤルレッスンを終了した翌日。エリオとアドリアーナの婚約が正式に発表された。

王太子と公爵家の令嬢の婚約。二人の婚約は、好意的に受け入れられた。

アドリアーナが過去病弱だった――という話も出ないわけではなかったものの、ロイヤルレッスンに参加していた間、一度も寝込まなかったことから現在では問題ないと認識されている。

ラウラはやはり生家に戻されたようだ。男爵家では、彼女を最初から躾《しつ》けなおすつもりらしい。

彼女と仲のよかった攻略対象者達も、彼女が姿を消したとたん落ち着きを取り戻したようだ。兄のユーベルはといえば、本当にライラを心配していただけだったらしい。アドリアーナの取り越し苦労でしかなかったようだ。

ラウラの件があってからふた月。アドリアーナは、建国祭に参加することになった。

王家の馬車にエリオと並んで乗り込み、沿道に集まっている人達に手を振る。

——こんな日が来るとは思ってもいなかったわね。

おめでとうございます、と次々にかけられる祝福の声。

「何を心配しているんだ?」

「心配しているわけではないですよ。ただ——やっぱり、私でよかったのかとは思ってしまいますね」

ロイヤルレッスンにアドリアーナが参加したのは八か月という期間。昨年の建国祭が終わってすぐ参加を始めた人もいるし、一年以上前から参加している人もいる。

そういった人達を押しのけて、アドリアーナが花嫁役を務めることになってしまった。

「君以外に、誰が務めるんだ? 一番優秀な成績を収めたのが君なんだから、君が務めるべきだろう」

『ファーレンティアの花嫁』は、ロイヤルレッスンの参加者の中から選ばれる。

特に優秀な女性を集めた中から選ばれるのだから、選ばれただけで大変な栄誉である。

「以前から参加していた方に悪いような気もして」

「君は、いつだって自分のことを卑下《ひげ》するんだな。一年目の女性は手こずる応急手当ても、まったくたじろがなかったそうじゃないか」

前世の記憶があることは、まだ、エリオには伝えることができていない。

応急手当ての講義で焦《あせ》らずすんだのは、前世の記憶があるからだ。

――いつか、エリオ様にも伝えることができればいいけれど。

庶民の読むような小説にまで手を出しているような彼だから、意外に面白がってくれるかもしれない。

――あ、次の作品に使えるかも。

主人公は、違う世界から転生してきた女の子。

今まで生きてきたのとは、まったく違う世界での記憶がよみがえり、自分が物語の悪役であることに気づいてしまった主人公。そんな彼女に様々な苦難が降りかかるけれど、最後には王子様に見初められてハッピーエンド、だ。

アドリアーナ本人の経験も、きっと大いに役立つだろう。

「今、何を考えている？」

アドリアーナの方に身を寄せ、目をのぞき込みながらエリオが尋ねる。アドリアーナは、微笑《ほほえ》んだ。

「新しい作品のアイディアが浮かびました！」

「それは、どんな話？」

アドリアーナが紡ぐ物語はいつだって、ハッピーエンド。

今、アドリアーナが自身の幸福を嚙《か》みしめているのと同じように。

あとがき

七里瑠美です。

『悪役令嬢はゲームの開始を阻止したい！　なのに王太子の溺愛から逃げられません』お楽しみいただけたでしょうか。

まさかヴァニラ文庫で「悪役令嬢」に挑戦する日が来るとは思ってもいませんでしたが、書いていてとても楽しかったです。

エリオの金銭感覚はヤバい……と私も震えてますが、個人資産で、税金ではないので問題なしです。たぶん、きっと。

イラストはなおやみか先生にご担当いただきました。素敵な二人にうっとりです。「可愛い、可愛い」と浮かれたメールを担当編集者様に送りました。お忙しいところお引き受けくださり、ありがとうございました。

担当編集者様、今回も大変お世話になりました。今後もどうぞよろしくお願いします。

ここまでお付き合いくださった読者の皆様。楽しんでいただけたら嬉しいです。

また、いつかお会いできますように。ありがとうございました！

原稿大募集

ヴァニラ文庫では乙女のための官能ロマンス小説を募集しております。
優秀な作品は当社より文庫として刊行いたします。
また、将来性のある方には編集者が担当につき、個別に指導いたします。

◆募集作品

男女の性描写のあるオリジナルロマンス小説（二次創作は不可）。
商業未発表であれば、同人誌・Web 上で発表済みの作品でも応募可能です。

◆応募資格

年齢性別プロアマ問いません。

◆応募要項

・パソコンもしくはワープロ機器を使用した原稿に限ります。
・原稿は A4 判の用紙を横にして、縦書きで 40 字 ×34 行で 110 枚 ~130 枚。
・用紙の 1 枚目に以下の項目を記入してください。
①作品名（ふりがな）/②作家名（ふりがな）/③本名（ふりがな）/
④年齢職業 /⑤連絡先（郵便番号・住所・電話番号）/⑥メールアドレス /
⑦略歴（他紙応募歴等）/⑧サイト URL（なければ省略）
・用紙の 2 枚目に 800 字程度のあらすじを付けてください。
・プリントアウトした作品原稿には必ず通し番号を入れ、右上をクリップなどで綴じてください。

注意事項

・お送りいただいた原稿は返却いたしません。あらかじめご了承ください。
・応募方法は必ず印刷されたものをお送りください。CD-R などのデータのみの応募はお断りいたします。
・採用された方のみ担当者よりご連絡いたします。選考経過・審査結果についてのお問い合わせには応じられませんのでご了承ください。

◆応募先

〒100-0004　東京都千代田区大手町 1-5-1　大手町ファーストスクエアイーストタワー
株式会社ハーパーコリンズ・ジャパン　「ヴァニラ文庫作品募集」係

悪役令嬢はゲームの開始を阻止したい!
なのに王太子の溺愛から
逃げられません

Vanilla文庫

2023年4月20日　第1刷発行　定価はカバーに表示してあります

著　者　七里瑠美　©RUMI NANASATO 2023
装　画　なおやみか
発行人　鈴木幸辰
発行所　株式会社ハーパーコリンズ・ジャパン
東京都千代田区大手町1-5-1
電話　03-6269-2883（営業）
0570-008091（読者サービス係）
印刷・製本　中央精版印刷株式会社

Printed in Japan ©K.K. HarperCollins Japan 2023 ISBN978-4-596-77130-8